La estilista

Fiona Ferrer Leoni

La estilista

la esfera de los libros

Primera edición: mayo de 2021

28033 Madrid
Tel. 91 296 02 00
www.esferalibros.com

ISBN: 978-84-1384-078-9
Depósito legal: M. 7.007-2021
Fotocomposición: Creative XML, S.L.
Impresión y encuadernación: Huertas
Impreso en España-*Printed in Spain*

A mi familia.

Prólogo

Esta novela se puede empezar tanto por el principio como por el final porque no es un relato lineal, sino un intento de reflejar el mundo de la moda a través de los sentimientos, de los lugares y los personajes. Detrás de una foto, de un estilismo, de una sonrisa, hay mucho más que un simple momento. Son extractos de una vida, de un universo interior imposible de resumir en un solo instante, pero que sumados todos dan una reveladora visión de conjunto.

Eso pretende ser *La estilista*, momentos y recuerdos archivados durante años de viajes, en proyectos internacionales, compartiendo vivencias con quienes han formado parte de tu trayectoria. Son esos contactos los que abren y cierran algunas puertas, y por ello siempre que cerremos o abramos una habrá que hacerlo con la sutileza de una buena estilista: vestirnos por los pies, saber combinar el *look* correcto en el momento adecuado y no dejarnos nunca un hilo suelto ni un alfiler que pueda hacernos daño. Si algo nos pincha, la solución es eliminarlo.

Sutileza, elegancia, respeto y discreción. Esas son las cualidades de la estilista. Discreción, sí, a pesar de que tendamos a enseñar la cara amable de todo lo que hacemos, de cada gesto o movimiento, a través de las redes sociales, el gran escaparate del postureo, de la felicidad muchas veces impostada.

Si bien es cierto que no siempre hay que mostrar todas las cartas, también es verdad que ahora más que nunca se demanda naturalidad. La realidad también debe ser parte de la comunicación que la estilista mantiene entre protagonistas y seguidores para lograr un vínculo auténtico entre ellos. No todo se puede comprar y conseguir a base de *likes* ni a todo hay que ponerle filtro.

La elegancia o el estilo son conceptos variables. ¿Quién es capaz de dar una única descripción? No la hay. Existen diferentes perspectivas, distintas formas de ver y de sentir las cosas, y eso mismo ocurre en el vestir. Lo importante es construir nuestro estilo propio y, de esa forma, conseguir que luzca nuestra elegancia interior.

En la moda no hay nada prohibido. Los límites los pone cada cual, aunque también hay que admitir que por nuestra personalidad, por el entorno, la edad o las circunstancias, hay ciertos estilos que pueden resultar menos apropiados sencillamente porque no encajan con lo que realmente somos.

Las tendencias deben adaptarse a nosotros, no nosotros a ellas. Cada uno es un ser maravilloso, especial y único. Aspirar a parecerse a otro no nos hará más grandes ni más divinos. Todo en la vida tiene su tiempo y su momento, y al igual que la Tierra es redonda, nuestro mundo es circular y quien hoy está abajo, mañana está arriba. Así que, no infravaloremos a nadie. Y lo más importante, bajo ningún concepto os infravaloréis: sois los primeros a los que tenéis que cuidar.

Lo del karma suena a tópico pero es cierto. Todo llega y todo se devuelve, con lo cual es fundamental que intentéis que vuestras energías sean positivas y las proyectéis siempre mirando hacia adelante, aunque sin olvidaros del camino recorrido y de las piedras y curvas que tuvisteis que pasar para llegar a donde estáis. Uno de mis lemas es «cómete el mundo sin comerte a nadie y prohibido comerse el plato del de al lado». Podréis lograr todo lo que os propongáis sin necesidad de pisar a nadie.

Pero cuidado, porque en este camino de la moda y el estilo, las redes sociales a veces las carga el diablo. En mi primer libro, *WACU Girls,* escribí una frase que luego vi reproducida en un anuncio de televisión (que no me atribuyó la autoría): «Las redes nos acercan a quien está lejos y nos alejan de quien está cerca». Sin duda, han supuesto una revolución democrática, han dado a millones un altavoz que antes solo tenían unos pocos. Por eso son un medio de comunicación tan fascinante como peligroso, porque apenas estamos aprendiendo a manejarlo. Hay que saber combinar el *online* con el *offline* para crear la perfecta mezcla. Demos a cada ámbito su espacio y no dejemos que la vida sea solo un «me gusta», porque es mucho más que eso.

Nuestro valor no está en los *likes* que obtenemos, sino en aquello que transmitimos. Da igual que tengáis quinientos mil, cien mil o cien seguidores. Todos somos importantes y todos podemos ser *influencers*, no solo en la moda, en cualquier sector. Pero también sed conscientes de que ese término implica mucho trabajo y muchos sueños de los que podemos formar parte.

Empecé este libro hace ya años y a lo largo de su elaboración me han pasado muchas cosas en la vida: una separación que terminó en divorcio; varias decepciones que me marcaron y que siguen marcando mi personalidad; una fuerte bajada de defensas que terminó en un aviso importante de depresión y ansiedad; la enfermedad de mi madre y su fallecimiento, un golpe bajo que supuso un indescriptible dolor. También, por supuesto, he disfrutado de muchos momentos de felicidad que me invitaban más a vivirlos que a reflexionar y sentarme a escribir. En definitiva, cambios, muchos cambios que realmente me transformaron.

Contando mis tristezas no pretendo conmover a nadie. Las escribo para que entendáis que nadie es perfecto, aunque lo parezca. Al final, lo importante es conservar el equilibrio y una vez consigues eso, la vida fluye y los chacras se abren.

En estos momentos tengo la cabeza muy cerca del corazón y miro en línea recta, y siguiendo esa mirada he escrito *La estilista,* una ficción en la que todo lo que ocurre es absolutamente real.

Cuando empecéis a leer la novela, tal vez os sintáis reflejadas o reflejados en Frida, la protagonista, ya que es una mezcla de varias mujeres y diferentes personalidades. Si queréis pensar que soy yo, por mí bien, pero la realidad es que está pensada para que seáis cualquiera de vosotras o vosotros. La agenda con lugares, trucos y recomendaciones sobre estilo que incorporo al final del libro sí es mía y solo mía (aunque también podría haberla escrito ella).

Por último, con vuestro permiso, os voy a dar un consejo: no dejéis que nadie os diga que NO, id a por el SÍ, aunque siempre con respeto hacia los demás. Y si el objetivo no es viable, cambiad, pero decidiendo vosotros mismos vuestro camino. Lo de caerse y volverse a levantar no es una frase hecha, es una necesidad tan real como que he empezado a redactar este libro unas cinco veces en los últimos años y ahora, por fin, estoy aquí con vosotros pasando páginas.

Espero que lo disfrutéis tanto como yo me he divertido escribiéndolo. Está dedicado a ti, que me estás leyendo. Hazlo tuyo.

FIONA FERRER LEONI

1

23 de septiembre de 2018, Madrid.

Hoy cumplo cuarenta y cuatro años. Hace apenas dos años que mamá falleció. Pensar en ella me hace daño. Recuerdo los últimos días que pasé a su lado en el hospital. Sus pequeñas manos agarrándome suavemente sabiendo que pronto tendría que soltarme para siempre. Cierro los ojos y la siento muy cerca, tan cerca que no sé muy bien si esto ha sido un mal sueño o una realidad que me resisto a aceptar.

Es curioso, cada vez que miro al cielo azul y veo cruzar una nube, me acuerdo de los colores del hospital. Puertas azul cielo; el sofá cama donde mis hermanos y yo dormíamos cada noche de un tono azul *navy*; el contraste con las paredes blancas y el uniforme de las enfermeras...

Todo me recuerda a mamá. Echo de menos su olor, su risa, las llamadas por la mañana, su acento italiano, las mascarillas para el cutis que se hacía con aguacate, los bailes en casa y los selfis que nos mandaba al chat familiar.

Ese verano en Madrid, aunque no pude disfrutar de la brisa del mar que tanto me gusta, ha sido el más maravilloso de mi vida porque ha sido el último que he pasado con ella. La ciudad estaba desierta, pero yo me sentía llena, rodeada de mis hermanos, sobrinos y cuñadas, sabiendo que cada día era una victoria. La esperanza mueve montañas y nosotros las movimos, pero cuando ves que la persona que más quieres en el mundo sufre tanto dolor, es mejor dejarla ir.

Saber que luchamos hasta el final, que no nos apartamos de su lado, nos ayuda a mantenernos vivos y enteros, serenos, con una enorme tristeza, pero con la paz interior que termina por hacerte más fuerte.

Jamás olvidaré el momento en el que la bajaron a la UCI y nos despedimos de ella en el ascensor. Su mirada asustada, las palabras… «No quiero morirme, Frida». El contraste entre su frágil cuerpo y el fuerte carácter. Imagino todo lo que le hubiera gustado habernos dicho y que, sin embargo, el orgullo y el miedo silenciaron. Cuánto daño hace el callarse. Cuánto dolor nos hubiera evitado si se hubiera despedido de cada uno de nosotros diciendo lo que su corazón le dictaba. Cuánto echo de menos un «te quiero».

Esa despedida sin palabras me hace entender ahora mi reacción ante circunstancias que me han ocurrido después.

Haber perdido la oportunidad de compartir esos sentimientos hace la pérdida doblemente traumática. Supongo que cuando no dices adiós es porque no quieres irte. Mamá no quería irse. No estaba preparada para dejarnos solos. Nos quería demasiado.

Me vienen a la cabeza más recuerdos de esos momentos finales. La extremaunción. La última vez que le cogí la mano. El ataque de ansiedad cuando la realidad se volvió real. El hombre que apareció en la habitación para vendernos un ataúd, con un muestrario de maderas y la posibilidad de elegir el color de las flores. Lo repugnante que me resultó ese atrevimiento en mitad de tanto dolor y, a la vez, lo irónico de la situación. Parecía una película. Optamos por las rosas blancas. Eso lo teníamos muy claro todos.

Sin poder evitarlo, revivo el día de la incineración. El saludar a la muerte sin haberla llamado. Los fotógrafos en la iglesia del cementerio, las preguntas sin respuesta, los nervios, las ganas de evadirme. El sufrimiento interior que luego se traduciría en una foto. Las palabras y las cartas de condolencia.

Eso también es la vida y eso también somos nosotros. Recuerdos, imágenes, palabras dichas o calladas que nos acompañarán para siempre. Por eso basta un detalle, una mirada al cielo azul, para que se hagan presentes y parezca que el mundo se haya detenido en ese fatídico 11 de septiembre.

Una bata de hospital, un color, un olor, el recordatorio de las fotos del teléfono, el pañuelo que hay anudado en mi muñeca y que es el que llevaba mamá cuando falleció. Todo me sigue recordando a ella.

Me cuesta salir de la cama, no quiero hablar con nadie del tema y noto cómo poco a poco me voy encerrando en mí misma. Siempre he tenido miedo a la depresión, una enfermedad silenciosa que puede llevarte a la muerte aun estando vivo. Tengo tantas experiencias a mi alrededor de amigos míos con síntomas de ansiedad, desesperación y derrota, que sus ejemplos me impulsan a luchar por mantenerme positiva. Pero cuesta. Sonreír por fuera y estar vacía por dentro. Así me siento ahora mismo.

Cuando me divorcié, entré en un bucle de desesperación que me llevó al hospital durante tres meses. Mi cuerpo no asimilaba el hierro y yo no asimilaba la soledad de la decepción. No fui capaz de asumir el fracaso de un proyecto de vida que yo creía que sería para siempre. Me siento una valiente por haber superado aquel duro momento y por reaccionar a tiempo para evitar caer en el abismo. Aquella pesadilla me enseñó a detectar los síntomas y a no dejarme arrastrar por las adversidades. El dolor y la tristeza no se pueden evitar, pero hay que aprender a convivir con ellos.

Duele pensar, duele recordar y duele aún más saber que no está, pero así es la vida. Cuando menos te lo esperas, te quita lo que más quieres. Nunca estás preparada ni para la muerte ni para las rupturas. La rutina nos impide darnos cuenta de que pueden estar mucho más cerca de lo que queremos creer. Pero cuando aparecen, hay que saber plantarles cara.

Hoy mi cumpleaños adquiere un significado especial. Ya no lo veo como el día que nací, sino que lo concibo como el día en que conocí a la persona que más me ha querido en mi vida. Un amor incondicional que solo una madre sabe dar.

Hace poco me hicieron la carta astral y en ella Tiby, una astróloga que ha llegado a convertirse en mi *coach* particular, me explicó que mi personalidad independiente, mi creatividad y la necesidad de estar sola se debía a lo confortable y feliz que había estado dentro del cuerpo de mi madre y en la ilusión que ella me transmitía al saber que me estaba esperando. Desde dentro me inculcó la independencia y la fortaleza para luchar en soledad, y por ello me considero una mujer fuerte. Sensible, sufridora, pero fuerte.

Desde muy pequeña aprendí lo que es la lucha. Cuando mamá estaba a punto de tenerme, su corazón dejó de latir y el mío casi estuvo a punto de irse con ella. Una vez me contó que vio ese túnel en el que se entra al morir y que se sentía tan feliz que pensó en seguir la luz que la guiaba, pero no quiso continuar el viaje porque quería conocerme.

Por primera vez desde que mi madre se fue, he abierto los álbumes de fotos y no he podido evitar llorar. Llorar de amor... Sin rabia, sin hacerme más preguntas sin respuesta. Simplemente llorar. La quiero tanto que duele pensar que ya no la podré besar ni agarrarle de la mano ni darle masajes en las piernas ni contarle mis aventuras y desventuras del día a día.

Me he dado cuenta de que tengo que tomar la decisión de avanzar o, por el contrario, quedarme atascada en el tiempo. Aún soy joven, me gusta vivir y, lo más importante, no puedo dejar solos a mis hermanos, a mi padre y a los sobrinos. Quiero ver nacer a más sobrinos, volverme a enamorar, reírme a carcajadas, saborear una copa de vino y pasarme los domingos en pijama haciendo *zapping* sin salir de la cama. He tenido la suerte de vivir momentos que hoy se han convertido en recuerdos maravillosos y es a esos a los que debo aferrarme.

Dicen que el año empieza en enero, pero para mí siempre ha comenzado en septiembre, tiempo de fijar objetivos y nuevos propósitos. Aunque ya no hago planes que no se puedan cambiar. La vida puede dar un giro en un segundo y el haber estado en contacto directo con la muerte hace que vea las cosas de otra manera. Vivo en un eterno interrogante, o más bien vivía, ya que a partir de hoy me he trazado una meta: simplemente, seguir adelante y para ello tengo que empezar a trabajar en mi futuro.

Es mi cumpleaños y me siento más vacía que nunca, y esa es precisamente la sensación que me ayuda a levantarme para intentar ser más fuerte. Busco estímulos y de repente me acuerdo del beso de amor más maravilloso que me han dado en los últimos años. Fueron los labios de Lou, mi amigo, mi amante secreto, mi confidente, los que me lo regalaron unas horas antes de la incineración de mi madre. Tras ese beso nos fundimos en un abrazo que desembocó en el acto de amor más fuerte y con más pasión de mi vida.

Suena a novela romántica, pero fue muy real. Tan real que me sorprende que pudiera ocurrir algo así cuando pasaba por un episodio tan terrible. Y sin embargo, tal vez fue precisamente por eso. No hay mejor momento para sentir un amor infinito que cuando más perdida estás, así que tampoco es extraño que ese momento terminara en un orgasmo tan intenso que casi me desmayo. Fue en mi casa. Pasillos largos, suelo de parqué antiguo, paredes blancas combinadas con negro. Sábanas blancas, una rosa blanca sobre la colcha y olor a jazmín en el cuarto. Mientras escribo estas líneas en mi salón, miro de reojo la foto *Polvo eres*, de la artista colombiana María Elvira Escallón, colgada en la pared y me estremezco.

Unas horas antes de que mamá falleciera, compré una agenda en el Vips de la calle Ortega y Gasset y aún sigue en blanco. Es curioso, sabía que ella se moría y no se me ocurrió otra cosa que comprar una agenda. Rebusco sobre la mesa de mi escritorio y la abro en la fecha del 11 de septiembre. Dibujo una cruz sobre la página y empiezo a describir todo lo que nos ha ocurrido hasta el día de hoy. Lo necesito. Tal vez por el miedo a olvidar detalles, gestos o sensaciones que hay que mantener vivos a pesar de todo por ser una enseñanza y una terapia.

No, este 23 de septiembre no es un cumpleaños más, es tal vez el más importante de mi vida porque sé que he tomado la decisión correcta.

2

Septiembre de 2020. Acabo de regresar de Marrakech. Hace un par de días fue el cuarto aniversario de la muerte de mamá. Estoy escribiendo el prólogo de mi libro, la continuación necesaria de aquella agenda del Vips. Escribo las últimas líneas sentada en su silla de despacho, me la traje cuando desmontamos su casa, contemplando su foto, rodeada de sus objetos y sintiéndola cerca. Esta casa huele a incienso y las almas están en paz.

Me han pasado tantas cosas desde ese maravilloso orgasmo el día de su incineración que me doy cuenta de que no es bueno adelantarse al futuro pensando que lo que tenemos por delante no puede ser mejor o peor de lo que dejamos atrás. Deberíamos conformarnos con valorar aquello que nos ocurre en el presente para aprovecharlo todo lo posible, para impedir que la vida nos pase de largo.

Después de ese acto de amor con Lou, hubo muchos más, con él y con otros. Y estoy segura de que quedan muchas otras historias por vivir. Pero ya vendrán.

Siempre que llegan estas fechas de septiembre, siento miedo. El calendario nos marca rutas, nos hace recordar lo que nos falta. Pero como en los anteriores veranos, me he enfrentado a ese temor para que no me venciera y he conseguido que sea un periodo tan especial y productivo como lo fueron los últimos meses que pasé junto a ella. Tanto es así que estoy decidida a vivir el resto del año con ese espíritu vital que ahora me proporciona el estío. Cuidar la cabeza para alimentarla de energía positiva y canalizar los sentimientos.

Aquí estoy, escribiendo en mi Mac, más viva que nunca y pidiendo asistencia a los muertos. Se trata de salvar a los que todavía están aquí. A mí misma. Y ellos nos ayudan a continuar el camino. Es tiempo de reconversión. Si fuera necesario, me he propuesto hacerme durante unos meses la muerta para céntrame en lo que en un futuro me mantendrá viva.

Escribo y me distraigo. Miro una foto que tengo sobre mi mesa de escritorio del imponente óleo sobre lienzo *Nuestra Señora de Colombia*. Me fascina la obra del maestro Botero. Es una imagen impresionante y el hecho de que esa Virgen acoja entre sus brazos a un niño, me transmite fuerza y tranquilidad. La fuerza que todos precisamos para afrontar las putadas que te hace la vida.

Superar los duelos es un trabajo doloroso y se necesita paciencia. Alimentar a los vivos requiere sobre todo energía y rapidez. Acción y reacción. Pero los que se fueron todavía no quieren soltarme la mano. Noto que están muy presentes. Me acarician cuando duermo. Muchas noches me quitan el sueño entre las tres y las cuatro. Entre las cinco y media y las seis hacen que me tape con la manta y durante el día, los miro de reojo y les sonrío.

Normalmente hablo con ellos frente al espejo o cuando me levanto. No hay día que no les tenga presentes y hoy también espero que no falten a la cita. Esta noche encenderé las velas en casa. Me serviré una copa de vino y junto a mis ramos de cempasúchil pondré fotos para charlar con mis ángeles. Esa flor me ayuda a conectar con ellos. Cempasúchil significa «veinte flores». También la llaman «la flor de los cuatrocientos pétalos». Tiene un color naranja muy intenso. Una creencia mexicana sostiene que su peculiar aroma y la fuerza de su tonalidad hace que aquellos que ya no están con nosotros regresen a su hogar.

Esta noche les espero, entre velas, olores y un buen vino. Tengo muchas cosas que contarles y algunos favores que pedirles. Si es verdad que me quisieron y valoran que puse mi vida a sus pies, ahora es el momento de pactar un trato. Yo os salvé y ahora vosotros me ayudaréis a salvarme.

Dejad que os cuente lo que he vivido en estos dos años.

3

Después de mucho tiempo dedicada plenamente a mamá, ya era hora de retomar mi vida. Había mandado un *email* al departamento de comunicación de El Corte Inglés para gestionar mi primer *coaching* de moda en Valencia. Tenía muy buenos recuerdos de la última vez que estuve allí y me parecía excelente enfrentarme de nuevo a una tarea en esa plaza. También había enviado mensajes a mis antiguos contactos para decirles que estaba lista y dispuesta a trabajar, a empezar a viajar y relanzar proyectos que había ido aplazando por las circunstancias y por mis miedos.

Al cabo de dos horas de mi primer mensaje, recibí este correo:

Hola Frida:

Soy Juliana. ¿Te acuerdas de mí? Nos conocimos hace dos años en la Paris Fashion Week, cuando yo estaba haciendo el *casting* de una película para la que finalmente no me seleccionaron. Tú pasaste en ese momento por allí y me viste en el suelo llorando. Te acercaste a mí y fuiste tan cariñosa conmigo que jamás lo he podido olvidar. Me animaste a seguir hacia delante y me diste tu teléfono por si necesitaba algo en París. Pero sobre todo recuerdo que me dijiste que nunca permitiera que nadie me convenciera de que yo no valía.

En ese momento yo pesaba quince kilos de más y tenía la autoestima por el suelo. Pues bien, al fin me dieron mi primer papel como protagonista de una gran película. Peso quince kilos menos y te sigo teniendo muy presente, por eso me gustaría saber si querrías ser mi estilista para el que va a ser seguramente el mayor reto de mi vida: hacer mi aparición en el *photocall* del estreno de la película. Va a ser todo un acontecimiento. Imagínate, yo como una estrella paseando por la alfombra roja...

Leí el mensaje una, dos, tres veces. Repasé todos los whatsapps y correos que había enviado para confirmar que en la lista no estaba Juliana. De hecho, ni siquiera tenía su contacto. Era una coincidencia maravillosa.

Ese día había sido largo e intenso, tenía muchas emociones en el cuerpo. Me levanté de la cama y salí a la terraza de mi habitación a fumarme un cigarro. ¿Has sido tú, mamá?, pregunté en alto. ¿Es una coincidencia o el destino? Fuese lo que fuese, estaba convencida de que no pasaba por casualidad. Contesté el mensaje, al que poco después siguió una llamada.

—¡Qué alegría saber de ti, Juliana! ¡Cómo me alegro de que te vaya tan bien! Y qué fantástico que hayas pensado en mí para ese gran reto.

—Quise haberte llamado cuando me dieron el papel, pero no lo hice porque, si quieres que te diga la verdad, no sabía si te iba a interesar que te contara mi vida después de tanto tiempo. Aunque en cuanto me comentaron lo de la *première* de la película, ya no lo dudé. ¿Me vas a ayudar?

—Por supuesto. Cuenta conmigo.

Creo que Juliana no fue consciente de hasta qué punto agradecí esa llamada. Un cambio de escenario sería perfecto para el proceso de reparación que acababa de iniciar. Reservé un billete de avión y le pedí a Ju, otro amigo y amante esporádico con casa en París, si podía quedarme con él. Era mi primer viaje internacional desde la pérdida de mamá y no quería sentirme sola.

El día de mi marcha, camino del aeropuerto, reviví aquel beso tan suave y profundo, y tan lleno de esperanza, que Lou me dio cuando peor lo estaba pasando. Supongo que más que un recuerdo, lo sentí como un buen augurio sobre lo que estaba por venir.

Octubre de 2018. Vuelo de Iberia 3444 destino París-Orly. Aterrizamos a las 18.05 en la terminal tres. Hacía mucho que no regresaba a esa ciudad y me sentía como si fuese la primera vez. Estoy acostumbrada a coger aviones, pero ese viaje era especial. Me asustaba tanto que había estado tentada de cancelarlo.

La noche anterior había hablado con Ju. Fue un consuelo. Me aseguró que, después de todo lo sucedido, era normal sentirse insegura. Perder a una madre te obliga a asumir la orfandad, el desamparo, y me repitió lo que yo le había dicho dos años antes a Juliana: no queda otra que superarlo y avanzar. Le di la razón. Debemos enfrentar los nuevos retos en solitario y hacerlo cuanto antes, sin pensarlo demasiado para que no te paralicen los miedos.

Aterricé en París cuando ya era de noche y un taxi me llevó a mi destino, cerca de la plaza del Trocadero.

—Mi papá solo pasará esta noche en casa, mañana se va de viaje muy temprano, pero no te preocupes. Se queda en el sofá. —Así me recibió Flavia, la hija de Ju. Él estaba divorciado y ella no sabía que éramos amantes. Fue incómodo. Me fijé en sus medias tupidas marrones con bolillas, botas de mosquetero con tachuelas doradas y vestido de punto. Tenía la nariz y los mofletes repletos de pecas y el rímel aún corrido de la juerga del día anterior. Era guapa, muy guapa, pero todavía con esa cara de pan que se nos pone a los dieciocho años, lo que provoca que al vernos en una foto de esa época parezcamos todas gordas. Sin embargo, es precisamente entonces cuando el cuerpo está jugoso, perfecto y el brillo de la piel es natural. Observé sutilmente los andares de Flavia. La mezcla de acento argentino y francés de niña bien me llamó la atención.

Durante unos instantes me transporté de vuelta al tiempo que viví en París cuando tenía diecinueve años. Fue una auténtica osadía que me cambió para siempre. Recordé a Laure y Claire, las dos relaciones públicas de moda más influyentes de la ciudad y amigas de mi padre, siempre impecablemente vestidas de negro. Estilosas, prepotentes y, a la vez, maternales. Ellas fueron mis hadas madrinas mientras duró mi estancia. Llegué a París sin saber aún lo que quería y me fui de allí teniéndolo muy claro.

Le mandé un mensaje a Juliana para decirle que ya estaba en París y, cariñosamente, me respondió en francés: «¡Bienvenida a la ciudad de las luces!». Quedamos al día siguiente en el salón de té Carette en Trocadero.

Apenas me acordaba de algunos detalles físicos de Juliana, tan solo que era una jovencita morena, con una piel blanca preciosa y una dulzura en los ojos que hizo que ese día en que nos conocimos me dieran ganas de protegerla y decirle lo bella que era. La belleza de las personas no se mide por el peso ni por la fama.

Llegué a las nueve en punto y me senté en una de las mesas con vistas a la Torre Eiffel. A las nueve y cuarto miré el reloj algo nerviosa. ¿Y si se trataba de una broma? ¿Y si Juliana me había hecho volar hasta París solo para comprobar si seguía creyendo en ella? Era una idea que no tenía sentido, pero me angustié pensando que lo que iba a ser una terapia para mí podía convertirse en una tomadura de pelo de una niñata con ganas de hacerse valer.

Nueve y media y seguía sin aparecer. Decidí resignarme y aprovechar el momento. Llevaba ya dos capuchinos en el cuerpo y un combinado de tristeza e ironía. De repente, vi a una mujer que pedía la cuenta, tremendamente estilosa, con el pelo corto a lo *garçon*, vestida con unos *jeans* desgastados, unas botas mosquetero negras planas y un jersey de cuello alto oscuro. La miré, me miró y las dos nos sonreímos. ¡Era Juliana! Habíamos estado sentadas la una al lado de la otra desde las nueve y no nos habíamos reconocido.

—¡Pero si eres tú! —me dijo entusiasmada—. Ya me iba a ir creyendo que me habías dado plantón.

—¡Lo mismo me ha pasado a mí! *Oh là là!* ¡Estás guapísima!

—¡Y tú! Aún mejor de cómo te recordaba.

—¿Seguro que necesitas que te ayude con tu imagen? Te noto muy *cool* y con un estilo muy personal.

Nos abrazamos, reímos, bromeamos... Realmente estaba muy cambiada, pero conservaba su sonrisa luminosa. La conocí siendo una niña y ahora... Bueno, de hecho seguía siéndolo, tenía veintitrés años, pero su mirada era diferente. Reflejaba éxito, superación y, sobre todo, bondad. Fue eso lo que percibí en ella y lo que me llevó a darle la mano en uno de los días más humillantes de su vida y, a la vez, quizá el más importante de todos porque fue su punto de inflexión. A partir de ahí, recuperó la confianza y unas tremendas ganas de luchar por aquello que deseaba conseguir.

Le conté lo que había pasado en mi vida y lloramos juntas. Me comprendía porque había sentido el mismo desamparo.

—Basta de tristezas —le dije—. Háblame de ti.

—¿Qué quieres que te cuente? Que estoy feliz. Y que siento vértigo.

Y se lanzó como un torrente a explicarme la confianza con la que se presentó al *casting* de su película, la emoción del rodaje, la buena relación que había tenido con el director... Sí, seguía siendo una niña pero ahora, llena de entusiasmo.

Para vestir a alguien hay que conocer a la persona. Cada estilismo forma parte de un momento de su vida y en el caso de una actriz que despunta, puede ser sinónimo de éxito o de fracaso. Nos guste o no, más allá del talento y del trabajo, lo que reflejarán los *flashes* será su vestido, la manera en que se mueva frente al *photocall* y lo que transmita su mirada. Además, ahora más que nunca la estética es fundamental en las tramas de las películas y las series. No hay ejemplo más representativo de esa exigencia que *Sexo en Nueva York*. Sus vaporosas faldas de tul, sus peinados y el sello de los Manolo Blahnik revolucionaron la manera de percibir la moda.

Elsa Pataky es otro claro ejemplo. Es una de esas actrices a las que la cámara adora. Sus movimientos están estudiados y su sonrisa acapara *flashes*. El famoso posado Pataky marcó un antes y un después en las alfombras rojas, al igual que lo hizo una imponente Angelina Jolie en la ceremonia de entrega de los Oscar de 2012, con ese maravilloso y sensual vestido de Atelier Versace, enseñando su pierna derecha por la abertura de la falda, combinándolo con los zapatos de Salvatore Ferragamo. El conjunto dio la vuelta al mundo.

Durante dos semanas conviví con Juliana. Nos hicimos grandes amigas y juntas recorrimos los *showrooms* más importantes de París. El reto era comprobar qué firmas se atreverían a apostar por una *new face*. Pues a pesar de mi trayectoria profesional y del poder de mi agenda, los grandes gurús de la moda rechazaron vestir a una recién llegada al mundo del espectáculo. Para mayor dificultad, Juliana había preferido que no dijera su nombre ni la película en la que había participado.

Finalmente, tuve que desvelar su identidad, pero nos topamos con Google, ese monstruo que nunca olvida. Cuando algunas casas escribieron su nombre en el buscador, aparecieron fotos de una actriz regordeta, nada que ver con la mujer que es ahora. Eso provocó más negativas. Aunque en la moda se diga que las tallas ya no existen, es mentira. Algunas firmas solo se saltan los límites de las medidas que creen aceptables si la artista o la actriz es una de las grandes. En ese caso, hacen una excepción porque conviene tenerlas contentas. Afortunadamente, tras muchas pruebas, encontramos el vestido adecuado para su estilo y para el lugar de la ceremonia.

El traje también debe adaptarse al entorno, por eso es muy importante saber dónde tendrá lugar el acto, así como los colores que predominarán en el *photocall* o si habrá un *leitmotiv* que servirá de hilo conductor en la presentación. Hay que tener en cuenta todo para que el vestido encaje con el mensaje que queremos transmitir y exista coherencia entre todos los elementos. Con ese objetivo llamé a lo organizadores y les pedí los planos del lugar, así como los elementos decorativos para poder seleccionar los tonos adecuados tanto del maquillaje como del vestuario completo.

Finalmente averigüé que el lugar elegido era el museo de la Orangerie, ubicado en un antiguo invernadero de naranjos. En su grandiosa sala ovalada se exhibe una importante colección de impresionistas y posimpresionistas, en la que destaca los famosos *Nenúfares*, de Monet, una de las obras que más me fascinan por el sentimiento de calma que me transmite. El color predominante seleccionado por los productores del escenario fue, claro, el naranja, combinado con el verde de las plantas y el toque negro del *photocall*.

Dado que la película se rodó entre Latinoamérica y la campiña francesa, la decoración debía ir *ad hoc*. La flor predominante sería la *strerlitzia reginae*, llamada popularmente ave del paraíso porque sus pétalos recuerdan a las alas de los pájaros. Sus tallos sostienen entre cinco y ocho flores formadas por tres sépalos de color naranja o amarillo muy intenso y por tres brillantes pétalos de tono azul fuerte.

El carácter exótico era un guiño a Latinoamérica, al que decidieron añadir además un toque rústico colocando en una de las esquinas un antiguo carro de bueyes, adquirido en una casa de subastas, que llenarían de naranjas. Antes de empezar a trabajar en el traje, acudí al museo con Flavia, la hija de Ju, para estudiar los detalles de la entrada y comprobar así el tipo de suelo, las escaleras y el decorado habitual. Con toda esa información, ya tuve claro cómo debería ser el estilismo.

Y por fin llegó el día.

Vi a Juliana avanzar poco a poco sobre la alfombra roja. Su timidez le daba un aire interesante y su dulce sonrisa creaba un aura especial y elegante. Me parecía carismática. Habíamos elegido un espectacular vestido palabra de honor, dejando así al descubierto sus sensuales hombros y su blanca tez. Era un diseño en seda con una majestuosa combinación en naranja y azul, y un escote simulando la flor predominante de la noche. Parecía realmente un ave del paraíso.

Unas impresionantes esmeraldas de aguamarina en verde hacían juego con sus ojos. Destacaban sobre su largo cuello, que lucía descubierto gracias a su peinado a lo *garçon* con raya a un lado.

Estaba radiante, esplendorosa y, sobre todo, se sentía segura de sí misma. Era consciente de lo que le había costado llegar hasta ahí, de su largo recorrido plagado de esfuerzos, sacrificios y lágrimas. Yo la miré desde lejos. Una sonrisa compartida por ambas sirvió para decirnos que todo estaba bien.

Fue una noche mágica también para mí en un momento de caos interior, convulso y muy duro. No solo ella logró su triunfo, yo también tuve el mío al contribuir con un simple vestido y un cambio de estilismo a la realización de su sueño, pero no tanto por haberla asesorado, sino simplemente por creer en ella. Creer en las personas, en las sensaciones y las intuiciones. Esa es la clave. Creer.

Tiempo después, Juliana ganó el premio a la mejor interpretación femenina en el Festival de Cannes. Lo recibió con una inmensa alegría y, a la vez, con la calma que te da saber que el esfuerzo ha merecido la pena.

—Este premio se lo dedico a todos aquellos que creyeron en mí cuando muchos me dieron la espalda —dijo al recogerlo. Un agradecimiento a todos los que nos consideramos sus amigos.

Debo reconocer que yo también tuve ayuda en mi tarea durante aquellas dos semanas en París. Flavia se convirtió en mi asistente y, sin duda, hizo un gran trabajo. Es una pésima estudiante, pero es perfecta para buscar un plan B cuando el A no funciona. Llevó mi agenda al día y coordinó con eficacia las visitas y las reservas que cerré durante esas jornadas. Todo lo contrario a Grace, mi antigua asistente. Intento no pensar en ella, pero no puedo evitarlo. La traición es algo que no olvido y aunque hayan pasado años, nunca podré perdonar su mala praxis y su falta de ética. Se puede odiar por menos.

Ya hablaré de ella más adelante. Ahora, volvamos a París. Durante esas dos semanas, muchas de las personas a las que escribí antes de salir de Madrid se pusieron en contacto conmigo. A la vez que Juliana crecía frente a mis ojos, yo lo hacía también. Todavía me encontraba en la Ciudad de la Luz cuando ya estaba retomando mi antigua agenda laboral y recobrando la seguridad en mí misma.

La confianza es algo que se adquiere con el tiempo y que se pierde en un instante. Recuperarla es un trabajo interior que requiere de mucho esfuerzo y yo estaba dispuesta a poner todo el que fuera necesario. Creía contar además con una buena compañía para esa nueva travesía. Lou y su beso, mi buen augurio, estaban conmigo en mi día a día. Sus mensajes para animarme a seguir adelante me hacían más fuerte.

Con el tiempo he aprendido que el título de novio es solo eso, un nombre que le ponemos a algo. Me parece un gran error hacerlo. Es importante contar con gente que te quiera sin necesidad de ponerle apelativos. No hay mayor formalidad que la que nos transmite el corazón. Además, todo tiene su momento y hay que dejar pasar el tiempo sin necesidad de mirar el reloj y teniendo en cuenta tus propias circunstancias. En mi caso, era consciente de que los duelos no se superan aferrándose a otra persona porque, sin querer o queriendo, le trasladamos nuestra carga. Si no estás curado, las relaciones no funcionan, aunque también es importante contar con alguien a quien poder llamar. A veces, escuchar un simple «hola, aquí estoy» te ayuda a ver el mundo de otra manera.

4

Tenía que hacer un viaje relámpago de cuarenta y ocho horas a Miami pasando antes por Madrid para cambiar de maleta. El vuelo desde Barajas salía a las 11.40, con lo cual la única posibilidad era coger un avión el día anterior en París, confiar en que hubieran llegado a mi casa las prendas que había seleccionado vía catálogo *online* y dormir un poco antes de regresar al aeropuerto al día siguiente.

Se me acumulaban los proyectos. En Miami debía organizar una boda secreta y en París me había comprometido a vestir a Claudine, mi nueva clienta colombiana, para una cena de gala que iba a celebrar una semana después. Disponía de siete días para viajar a Miami y regresar a tiempo para preparar a Claudine y revisar los últimos detalles.

Al menos, Flavia seguía colaborando conmigo, de modo que le encargué la misión de coordinar la agenda para que mi clienta pudiese realizar las pruebas de maquillaje y peinado. Me mandaría fotos para decidir cuáles serían los tonos y el peinado que más le favorecían.

Conocí a Claudine en un encuentro en la embajada colombiana en París con motivo de la promoción de la película de Juliana. No hacía mucho que se había instalado en la ciudad. La química entre nosotras resultó tan fuerte que tras varios cafés y reuniones en su casa, me propuso ayudarla con la cena de gala que celebraría el nombramiento de su marido como alto directivo en un importante banco y que a ella le serviría para introducirse en la sociedad parisina.

Gracias a la presentación de Juliana, había recuperado el ritmo de trabajo habitual en mí y decidí no perderlo. No quería decir no a nada, por eso accedí a la propuesta de Claudine a pesar de que ya me había comprometido a viajar a Miami. Allí se casaban mi gran amiga Carla y Mauro, su amor sorpresa.

Apenas llevaban un año juntos, pero sabían que eran el uno para el otro. Pretendían celebrar el enlace totalmente en secreto. Ambos habían estado casados antes. Sus bodas fueron grandes acontecimientos mediáticos y esta vez deseaban que fuera íntima. Además, no querían hacer daño a sus antiguas parejas. El respeto hacia los demás y hacia uno mismo se ve también en esos detalles.

Carla era italiana por parte de madre y mexicana, por parte de padre. Hasta los dieciocho años vivió en Ciudad de México y luego se marchó a Estados Unidos para estudiar en la Boston University. Allí se enamoró locamente de Thomas. Se casaron muy jóvenes y se instalaron en Nueva York.

Ella y yo nos conocimos en esa ciudad. Trabajábamos en la casa de subastas Sotheby's. Éramos inseparables, también con Martina, otra compañera. Un trío divertido. Nos apoyábamos mucho. Las dos vivieron muy de cerca mi relación con Lou. Fue entonces cuando empezó lo nuestro. Alguna que otra vez mis amigas tuvieron que tapar las mentiras que contaba en el trabajo para pasar todo el tiempo que podía con él. Lou cambiaba de planes continuamente. Tan pronto se levantaba y decidía darme plantón, como me proponía un viaje relámpago a San Francisco, y yo accedía a todo por miedo a perderle.

Es doce años mayor que yo. Tremendamente atractivo. Tiene un tono moreno de piel y una sonrisa cautivadora. Melenita, canas, ojos color miel, manos largas y suaves, y un tatuaje en el pecho muy sexi. Delgado y fibroso porque practica bikram yoga y meditación. Cuando se aparta el flequillo de la frente, hace un gesto con los ojos muy peculiar que me vuelve loca.

Lou es un personaje conocido y por eso al principio preferimos que nadie se enterase de lo nuestro. Volábamos en aviones separados o bien él alquilaba un *jet* privado. Uno de nuestros últimos viajes juntos fue a Los Ángeles. Nos alojamos en el hotel The Peninsula Beverly Hills. La *suite* era dos veces más grande que mi apartamento en el Soho neoyorkino. Ese día, una de las bandas de música más de moda recibió el MTV Music Award al mejor grupo y organizaron un fiestón en ese hotel del que se hicieron eco todos los medios. El escándalo fue colosal. Solo un detalle: un colchón salió volando por la terraza de su *suite* y fue a parar a la piscina. A las cuatro de la mañana vino la policía a poner orden y desalojar a los invitados que no estaban hospedados. Al día siguiente, todos los huéspedes recibimos una carta de disculpa eximiéndonos del pago del alojamiento por las molestias ocasionadas. La verdad es que se lo podían haber ahorrado ya que casi todo el hotel disfrutó de la fiesta. Nos lo pasamos genial.

Carla y Thomas no tuvieron hijos porque nunca encontraron el momento y la vida en Nueva York era demasiado divertida para pensar en niños. Fue pasando el tiempo y la pasión empezó a desaparecer. Un día Carla llegó al trabajo con muy mala cara. Se encontraba mal. Estaba en pleno proceso gripal. Mrs. Stephane, la directora de recursos humanos de Sotheby's, le dijo que lo mejor sería que se fuese a casa a descansar para no contagiar a toda la oficina. Obedeció. Estaba pálida, hecha polvo, así que cogió un taxi de regreso a Tribeca.

A duras penas metió la llave en la puerta de su casa y entró. Fue directa a tumbarse en el sofá, casi desmayada. De repente, escuchó unos golpes y se asustó. La asistenta tenía el día libre y se suponía que Thomas estaba en el trabajo. El suyo era un barrio seguro, pero después de que hubieran entrado hacía poco en casa de la vecina del cuarto, existía cierta paranoia en su comunidad. Se quitó los tacones para no hacer ruido y sigilosamente volvió sobre sus pasos para huir. Estaba claro que eran unos ladrones y tenía que irse de allí lo antes posible.

Cuando ya estaba abriendo la puerta de la calle, oyó un grito y se le heló el corazón al reconocer la voz de Thomas. «¡Dios mío! —pensó—. Le están haciendo daño». Dio la vuelta y corrió hacia el cuarto. Hubiera deseado que fuera un ladrón. Thomas estaba en la cama con un tío al que reconoció: era Jeff, uno de esos idiotas a los que conoces una noche en una fiesta y que poco a poco va metiéndose en el círculo más cercano de amigos. El mismo Jeff que años más tarde se casaría con mi querido Mateo, al que le daría una paliza que casi lo mata.

El marido de Carla estaba debajo y sobre él, Jeff. Ambos sudaban y había sangre en las sábanas. Más tarde supimos que era la primera vez que a Thomas le daban por el culo. Del impacto, Carla se desmayó. La verdad es que su relación no estaba muy bien por entonces, aunque su marido seguía siendo la persona que más quería en el mundo. Se conocían desde hacía años y eran como hermanos. No se imaginaba la vida sin él.

Al día siguiente, Thomas dejó la casa y todas sus pertenencias. Nunca peleó un céntimo en el divorcio. Ante sus amigos, quedó como un señor y para su familia, como un calzonazos ya que no podían creer que una relación sin hijos y con separación de bienes hubiera sido tan rentable para ella. El silencio de Carla fue oro puro para Thomas porque si sus conocidos llegan a averiguar que puso los cuernos a su mujer con un chapero drogadicto, su reputación y sus ambiciones políticas se hubieran hecho pedazos. Y eso sin contar el escándalo que hubiera supuesto para su padre, un importante político conservador, profundamente religioso y homófobo practicante.

Aquella pesadilla provocó en Carla una profunda depresión por la que tuvo que estar ingresada. Pero la vida la recompensó muy pronto con un amor imprevisto. Mauro era un sueño. Guapo, simpático, inteligente, deportista y tremendamente detallista. Mexicano como ella, también se recuperaba de un divorcio después de dos años casado con una mujer que no le quería. Conocidos, glamurosos, solían aparecer en algunos *photocalls*. Una pareja ideal, tan bella, tan feliz... Cuánta mentira en una misma foto. Él empezó a engañarla con varias mujeres simplemente en busca de cariño y sexo. Ella se había convertido en un ser arrogante e insoportable, más interesada en las compras y en salir de copas con sus amigas que en luchar por un amor que probablemente nunca sintió. Al menos, la ruptura fue amistosa.

Carla y Mauro se conocieron en una cena que yo di en Madrid con motivo de la apertura de una nueva tienda de moda. Pensé que podían pegar y les senté juntos. Al final de la velada, que tuvo lugar en la maravillosa embajada italiana, hubo fiesta flamenca y acabamos a las tantas. Carla se quedaba en mi casa, pero la cambió por una fantástica *suite* en el hotel Villamagna. Ella y Mauro no salieron de la habitación en tres días y tres noches. Allí tenían todo lo que podían necesitar.

En cuanto su noviazgo salió a la luz, la exmujer de Mauro se dedicó a desprestigiarle. Le inventaron nuevas novias e historias ficticias. Por culpa de la prensa, la relación se tambaleó varias veces y en dos ocasiones estuvieron a punto de separarse. Pero eso ya era agua pasada.

Con los años, Carla se ha convertido en una *art dealer* de renombre internacional y Mauro, en uno de los actores más conocidos de Latinoamérica. Y ahora me habían pedido que les ayudara a celebrar por fin su boda.

Cuando llegué a Madrid desde París, el estudio de Fernando Claro ya me había mandado el vestido blanco elegido, uno de corte sirena y cuya caída y cuerpo eran perfectos. Lo tenían reservado para una producción de moda, pero en cuanto lo vi en su catálogo *online*, me enamoré de él. No tuve duda, era ideal para mi maravillosa mexicana.

Salí del aeropuerto por la noche y volví por la mañana para coger el vuelo que me llevaría a Miami. Mi regalo de boda fue el vestido y gestionarle el plan de medios que comenzaría solo después de que la ceremonia hubiera concluido. Cuidé de cada detalle del evento como si fuese mi propia boda. Además, me hacía sentir muy bien formar parte de una historia de amor que, estaba segura, esta vez iba a funcionar.

Sabía que Carla estaba nerviosa, pero creo que yo lo estaba aún más, no solo por los preparativos, sino porque teníamos que lograr que el enlace se mantuviera en secreto para la prensa. Nadie debía de estropear ese momento tan mágico. Una vez casados, haríamos dos fotos oficiales que se mandarían a los medios gratuitamente para su publicación. Los invitados tendrían prohibido llevar cámaras o móviles.

No quise estar en primera línea durante la ceremonia. Preferí seguirla desde lejos. Sinceramente, no me veía con fuerzas para vivir un momento tan especial y, a la vez, tan espiritual. Mantenerme un poco al margen me hizo sentir más segura. Además, por mucho que Carla fuera una amiga tan cercana, mi principal cometido era estar pendiente de todo para que fuera una ceremonia perfecta.

Fue precioso ver cómo se miraban. Parecía una película romántica. Se dieron el «sí quiero» frente al mar. Solo se oía el rumor de las olas y aunque suene cursi, creo que logré escuchar el latido de ambos corazones.

No pude evitar llorar y acordarme de Lou.

Una vez que la ceremonia terminó, les hice llegar dos copas de champán con una rosa blanca sobre una bandeja de plata donde estaba grabado el nombre de ambos y dos fechas, la del día en que se conocieron y la de su boda: viernes, 4 de noviembre. Esa noche había luna llena.

Al final de la celebración, empezamos a organizar las fotos para la prensa: retoque de maquillaje, correcta posición para conseguir el mejor perfil, peinado estudiado para que algún que otro mechón suelto diera una sensación de naturalidad. Carla iba con unas sandalias planas de Giuseppe Zanotti en color plata y amarradas al tobillo. El detalle de una mariposa en cristales las hacía especiales. Como joyas, solo unos pendientes de brillantes con una perla y un colgante también de brillantes, ambos regalos de su abuela italiana, con la que compartía nombre.

Sabía que el traje de novia saldría en las portadas más importantes de México, Colombia y Brasil, donde Mauro tenía miles de fanes. Así fue. La moda española pisó fuerte una vez más fuera de nuestro país.

Jamás dije que yo era la creadora del estilismo y de todo el plan de *marketing*, pero Carla se ocupó de contarlo en las redes sociales y mi teléfono empezó a sonar pidiéndome entrevistas. Los periodistas intentaron sonsacarme para que revelara intimidades de la ceremonia. Nunca lo hice. Ese secreto quedó a salvo... El otro, también: Carla, a punto de cumplir cuarenta y tres años, estaba embarazada. Por eso las prisas de la boda.

Al menos, los *paparazzi* les dejaron tranquilos hasta que unos meses después se enteraron de que habían sido padres. Muchas veces la prensa trata a la gente conocida como una mera noticia con la que hacer caja. O peor aún, inventan polémicas y destruyen parejas por no contrastar las informaciones. Si indagáramos en la vida de muchos de los que están detrás de la cámara, nos sorprenderíamos. La intimidad es un valor preciado y si queremos que perdure, hay que hacer todo lo posible para protegerla. Por eso he sido muy discreta sobre los tres amores de los que ahora disfruto. Cada uno de ellos me gusta de una manera diferente y no quiero prescindir de ninguno.

Lou vive entre Miami, Nueva York y Madrid. Es uno de los fotógrafos de moda más reconocidos internacionalmente. Un genio del *street art* y el *street fashion*. Ha viajado por todo el mundo siguiendo los desfiles y eventos más mediáticos, y es un *instagramer* brillante. De hecho, fue uno de los precursores de esa red social.

Le conocí por una exposición de su obra en Nueva York. Tuvo una reunión con mi jefa de Sotheby's en la que estuve presente. Era tan guapo y atractivo que no pude evitar quedarme embobada mirándolo. Se dio cuenta de que entre nosotros saltaban chispas y creo que imaginó que nos íbamos a gustar. Me invitó a tomar una copa a un club clandestino muy cerca de donde yo trabajaba. Y así comenzó una relación secreta, repleta de amor y pasión. Sin embargo, nuestras vidas nos fueron distanciando de una manera natural, sin dolor.

Pasaron los años. Tantos que me dio tiempo a casarme y a divorciarme. Y el azar nos volvió a reunir. Yo acababa de bajar de un avión en París y esperaba mi equipaje junto a la cinta indicada. Alguien pasó con el carrito tan cerca que me rozó las piernas. Temí que me hubiera roto las medias negras de Wolford que tanto me gustaban. Eché un vistazo y seguían enteras.

—Casi, casi —escuché que me decían—. Qué hubiera sido de ti teniendo que ir por París con las medias rotas.

Me di la vuelta y allí estaba Lou. No lo podía creer. Lou. De inmediato me vino a la cabeza la última vez que estuvimos juntos. Parecía una eternidad. Fue en una habitación del hotel Mercer, en Nueva York. El tiempo se había cobrado su factura en forma de arrugas y unas incipientes bolsas bajo sus ojos, pero no había perdido ese *je ne sais quoi* que lo hacía tremendamente atractivo. Conservaba ese estilo informal tan cuidado: pantalones granates holgados pero más ceñidos a la altura de la entrepierna; camiseta de algodón y lino deshilachada con cuello pico; fular de Saint Laurent, y una *bomber vintage* color caqui.

Parecíamos dos idiotas esperando el equipaje sin saber qué decirnos. En ese momento llegó mi maleta. Me apresuré a cogerla de la cinta y con un «hasta luego» me disponía a irme cuando me agarró del brazo, me miró a los ojos y me preguntó si nos podíamos volver a ver.

—Claro. Algún día nos veremos —contesté para hacerme de rogar.

—Luego te llamo —sentenció él.

Estaba convencida de que lo haría. Imaginé un reencuentro maravilloso que nos uniría para siempre. Está claro que las películas de amor nos han hecho mucho daño a las mujeres porque siempre esperamos que nuestras vidas se parezcan a alguno de esos guiones y casi siempre nos equivocamos.

Me llamó, sí. Y después de una cena romántica y una increíble noche de sexo, volvió a desaparecer hasta el día de la incineración de mi madre. Hacía dos años que no le veía. Apenas cruzamos algunas palabras y él me dio aquel beso profundo e intenso, e hicimos el amor. Y, de nuevo, se repitió la historia: le perdí la pista. Es lo habitual en Lou. Aparece y desaparece a menudo porque siente la necesidad de desconectarse del mundo. Aun así, siempre le siento cerca de mí.

Ju, otro de mis amores, se pasa también la vida viajando. Divide su tiempo entre Colombia, República Dominicana y París, desde donde invierte en *startups*. Hizo su fortuna en sectores más tradicionales, como la construcción y la banca, pero atraído por lo digital, decidió lanzarse al mundo de la tecnología, aunque su verdadera pasión son los caballos de raza. Es simpático, divertido y tiene un sentido del humor no apto para todos; le encanta ponerme al límite. Mide casi dos metros y a sus cincuenta y seis años tiene unos abdominales que muchos jóvenes los quisieran. Me fascinan sus ojos azules y admiro su inteligencia. Sus patillas llaman la atención y sus manos saben tocar siempre en el punto exacto. No le veo con mucha frecuencia, pero siempre está ahí. Con él hablo de negocios, de mis proyectos profesionales y de cómo hacer que lo que yo quiero que me pase, ocurra.

Podría decirse que Flopi es el tercero en discordia. Nuestros caminos se cruzaron hace unos meses y no sé muy bien en qué punto estamos ni hasta dónde puedo llegar con él. Tiene cincuenta años, más joven que Ju y que Lou. No tiene nada que ver con ellos. Es rubio, de ojos verdes y labios carnosos. El perfume que usa engancha y me encanta cómo viste. Lo que peor llevo es que no sabe controlar su carácter si se le cruzan los cables. Llega incluso a ser agresivo. Es la última persona con la que te gustaría pasar una resaca. Parece un hombre de mundo, pero se ahoga en un vaso de agua. Sus agobios me ponen de los nervios, pero a la vez me hacen gracia. Hacía años que no probaba esa mezcla de niñato y hombre maduro, y reconozco no estar muy preparada para esa combinación. Aunque tal vez valga la pena... Veremos qué pasa.

Cuarenta y ocho horas después de la boda de Carla y Mauro, cogí un vuelo directo de Miami a París. Tenía que llegar con unos días de antelación para revisar los últimos preparativos de la cena de Claudine. Flavia, con su habitual sonrisa y frescura, me estaba esperando en la puerta del hotel Ritz, donde se celebraría *le grand dîner*.

—Hola, jefa. ¿Ya me vas a contar qué hacías en Miami?

—Cuéntame tú antes cómo va todo por aquí.

—Tranquila. Todo controlado.

Había sido una suerte conocer a la hija de Ju. Me recordaba bastante a mí cuando viví en París teniendo su edad y trabajaba en el atelier de Claude Montana. Aunque reconozco que Flavia es mucho más viva de lo que era yo.

Acababan de remodelar el Ritz. Estaba espectacular. Subimos a la habitación e hicimos un repaso de todo en lo que estábamos trabajando: vestuario, accesorios, peinado, *make up*... La decoración de las mesas. La presentación de las flores y los colores predominantes. Por petición de los anfitriones, la rosas blancas debían adquirir un gran protagonismo. Por este motivo, el color seleccionado para la decoración fue el blanco con detalles en negro que rompían con el tono monocromático.

Entre los invitados, unas ochenta personas, habría judíos y musulmanes, de modo que el menú se había diseñado para que fuera aceptable para cualquier creencia religiosa. También se procuró prevenir alergias e intolerancias, y se tuvo en cuenta a veganos y vegetarianos.

El aperitivo mostraba una gran variedad (pinchitos *kosher* de ternera y pollo, burekas de queso, patatas y champiñón...). La cena, que se tomaría sentado, consistía en dos entrantes y un plato principal a elegir entre tres propuestas para evitar inconvenientes culturales a los comensales. Todos los platos estarían decorados como verdaderas obras de arte. Y habría un camarero por cada tres invitados. La selección de vinos y el champán que se serviría también se habían cuidado al detalle.

Al día siguiente quedé muy pronto para desayunar con Claudine en el hotel. Café, *croissant* y zumo de naranja. Dicen que no es bueno combinar el zumo de naranja con el café, pero a mí me encanta y estoy tan harta de que me digan cómo tengo que mezclar los alimentos que ya me da igual. Después de todo lo que había vivido, pensaba hacer lo que me diera la gana, con quien me diera la gana.

Flavia nos había preparado un mapa de las mesas. Eran ocho de diez personas cada una. El *seating* es una de las cosas más importantes en la organización de cualquier evento. No hay que tomarse a la ligera quién se sienta con cada uno y nunca se debe saltar el protocolo. De manera que es imprescindible conocer los gustos de los invitados, su profesión y la conexión que puede haber entre cada uno de ellos. El éxito de una cena social o de una convocatoria sin duda es saber mezclar correctamente a los comensales, haciendo sentir a cada uno de ellos importante y cómodo.

Aún recuerdo el lío que se montó en unos famosos premios que concedía una revista porque una de las invitadas decidió por su cuenta modificar el orden de dos de las mesas, despreciando el protocolo y el trabajo de los organizadores. Ya lo había hecho en alguna otra ocasión similar, pero hasta ese momento nadie se había atrevido a recriminárselo.

Uno de los invitados directamente se fue de la fiesta. La directora de la revista entró en cólera y le echó una buena bronca. Sin embargo, de nada sirvió la reprimenda pública ya que esa misma señora, dos semanas más tarde, tuvo la osadía de colarse en un bautizo para poder salir en la foto de la exclusiva y aparentar que era amiga íntima de la familia.

La verdad es que este mundo está repleto de personajes, sobre todo mujeres, que a golpe de codazos, de colarse en las fiestas y de dar noticias falsas se van haciendo un hueco en los medios y en determinados ambientes para vivir de la farándula. La más conocida es La Perla Farsa. Es bajita, menudita y tiene un buen lejos pero un mal cerca. La llaman así porque siempre luce unas increíbles perlas que son tan falsas como ella. Toda su vida es una farsa. Suele hacerse la simpática, pero en cuanto se cansa de disimular, saca a relucir una soberbia que la hace inaguantable.

Saltó a la fama por haberse acostado con el marido de una conocida *socialité* y aunque al principio la criticaron con dureza, aguantó el chaparrón hasta lograr ser interesante para determinada prensa. La otra mujer, la cornuda, soportó el mal trago y al final prefirió lucir unos bonitos cuernos antes que soltar la cartera con la que estaba casada.

Pero volvamos a la cena en la que yo estaba trabajando. Habíamos decidido separar a las parejas casadas para que se mezclaran con otros invitados, en cambio a los novios los sentamos juntos para evitar malos entendidos o celos innecesarios. Uno por uno fuimos repasando los nombres a partir de las indicaciones que nos había dado el marido de Claudine. Él conocía a todos, las relaciones que les unían o los intereses que compartían. Estuvimos cerca de tres horas dándole vueltas a cada detalle.

Ya estaba listo el decorado. Ahora había que dar con el estilismo que hiciera brillar a Claudine en él. Elegí un vestido largo en blanco y negro de Roberto Diz. El escote asimétrico y el lazo en el hombro izquierdo estilizaban aún más si cabe su bonita figura. La anfitriona estaba pletórica con su *look*.

Fue todo un éxito. Asistieron directivos de banca, importantes clientes y destacados empresarios. Este mundo se rige principalmente por las conexiones. La discreción siempre es imprescindible, pero al mismo tiempo hay que saber cuándo es necesario hacer algo de ruido social. Es conveniente que las amistades, los socios en los negocios e incluso las parejas sepan que comparten intereses comunes. Además, cuanto más poderosos nos mostremos, más sexis y atractivos nos verán.

Gran parte de mi éxito profesional radica en hacer brillar a estrellas y crear personajes con una historia detrás. Algunos reconocen mi trabajo, otros, en cambio, una vez que han conseguido sus objetivos, reniegan de esa labor porque no se sienten cómodos sabiendo que conozco cómo eran cuando llegaron y cómo ahora ocultan sus puntos débiles.

Hacer que un cuerpo se vea estilizado no se consigue con cualquier diseño caro, sino con la prenda adecuada que ayude a esconder los defectos que todos tenemos y haga brillar sus virtudes. Se trata de dar con aquello que armonice con la personalidad de cada uno, de cuidar los movimientos, de enseñar a interpretar un *look*. En esto radica la esencia del éxito. El objetivo no debe ser cambiar el estilo en cada circunstancia, sino buscar ese *look* diez para ti y para el momento en que lucirás la prenda.

De la misma manera, hay que saber medir las apariciones y ser discreta. Claudine fue el ejemplo perfecto. Era la anfitriona, pero su protagonismo no podía eclipsar a las otras mujeres. No debía mostrarse como una competencia, sino como una referencia amable, con una elegancia natural y serena, tan propia de la mujer parisina.

Antes de la cena, estudiamos sus movimientos, la manera de presentarse ante los invitados y la comunicación visual. Todo estaba medido y así salió, perfecto. Al día siguiente llegaron a su casa inmensos ramos de rosas blancas, camelias y orquídeas agradeciendo la fantástica velada. Todos los mensajes coincidían: «Claudine, la mejor anfitriona».

5

Tenía el vuelo a Madrid el 17 de noviembre. Madrugón. El avión salía del aeropuerto de Orly a las 07.30 de la mañana. Llegué agotada. No me resultó fácil regresar. Por un lado, tenía ganas de estar en casa y, por otro, me daba miedo. Me costó irme y me costaba volver porque allí el recuerdo de mamá era aún más doloroso. Ni siquiera quise entrar en el cuarto donde ella se quedaba cuando dormía en casa. Tampoco había podido vaciar el armario que utilizaba. Se quedaría así mucho tiempo.

A pesar de todo, ahí estaba yo, con las pilas recargadas y las fuerzas renovadas. Repasé mis siguientes pasos: tenía tres días para poner la casa en orden, organizar papeleo y prepararme para mi siguiente *coaching* con El Corte Inglés. Esa vez tocaba Santander. Es una ciudad que siento muy cercana aunque nunca haya vivido allí. Su bahía es espectacular.

Piluca, una de las *personal shoppers* de El Corte Inglés, vino a recogerme al aeropuerto Santander-Seve Ballesteros. Es simpática, alegre, tiene un estilazo que llama la atención y muy afortunada: reside frente a la ensenada del Sardinero, en un edificio situado en primera línea de playa. Solo el paseo marítimo y una amplia zona ajardinada primorosamente cuidada separan su residencial del mar.

Nos pusimos al día en los cinco kilómetros que separan el aeropuerto del centro de la ciudad y continuamos la conversación durante el almuerzo en el Real Club Marítimo de Santander, donde disfrutamos de unas vistas increíbles y una agradable comida. De allí nos dirigimos a El Corte Inglés para la selección de prendas.

La cartera de clientas de Piluca es muy interesante. Precisamente, nos encontramos con una de ellas cuando nos pasamos por el espacio de la firma de maquillaje Lancôme para que nos dieran unos brochazos antes de empezar la sesión. Lo estaba pasando mal y terminó por desahogarse con nosotras. Después de once años de matrimonio y tres hijos, su marido la había dejado por una mujer mucho más joven. Llevaba una semana llorando. Las bolsas bajo los ojos y los párpados hinchados daban fe de que además no pegaba ojo desde hacía días. Lo que ella consideraba un matrimonio perfecto no lo era. Simplemente se dejaron llevar por la monotonía, como tantas otras parejas, hasta que él le puso fin. Y ahora estaba sentada en el mostrador de Lancôme, poniéndose guapa, intentando esbozar una sonrisa y preparándose para ser una de las asistentes a mi *coaching*.

Continuamente conozco historias de mujeres que cada día se enfrentan a un nuevo reto. Me gusta escucharlas, compartir sentimientos, aconsejarlas para superar los desafíos e intentar que se sientan bien haciendo lo que mejor sé: disimular lo que no les gusta de su cuerpo y mostrar su belleza interior.

La perfección no existe. Este es el lema del proyecto que he llevado con El Corte Inglés por toda España y que me ha ayudado a seguir con los pies en la tierra. Ya no me dejo engañar por las mentiras y frivolidades que rodean mi trabajo. Basta de respuestas automáticas y falsas, como «fenomenal» o «ideal», a preguntas que a muy pocos les importan de verdad.

Piluca me llevó a cenar a La Bombi con sus amigas. Lubina macerada, centolla al horno, almejas a la marinera en su punto y patatas con huevos. Sin duda un restaurante clásico santanderino que recomendar tanto para tapear en la barra como para sentarse en una mesa.

Llegué a mi hotel con algunas copas de más y esa sonrisa que hacía tiempo que no tenía tras haber pasado una noche divertida rodeada de mujeres que aportan. De repente, entró un mensaje en mi móvil: «Frida. Hola. ¿Qué tal estás? Me encantaría verte. Lou».

Lou... Joder. Siempre aparecía cuando menos me lo esperaba y debo confesar que siempre me hacía una ilusión tremenda saber de él. Le contesté: «Lou. Estoy en Santander. Mañana me voy a Madrid y de allí puente aéreo a Barcelona. ¿Te apuntas? Yo organizo».

Ya estaba de nuevo en mi otro hogar, el aeropuerto. Vuelo Madrid-Barcelona a las 15.30. Quedé con Lou en encontrarnos en el hotel Majestic alrededor de las cinco de la tarde. Reservé un *penthouse* de cien metros cuadrados con vistas panorámicas sobre el Paseo de Gracia. Quería sorprenderlo y sin duda lo conseguí por la cara que puso. Le abrí la puerta con una copa de champán en la mano.

—Qué encantador recibimiento —dijo antes de besarme.

—Y qué encantadora sorpresa. ¿Me echabas de menos?

—Siempre.

Brindamos, nos abrazamos muy fuerte y acabamos desnudos en el *jacuzzi* de la terraza. Hacía mucho que no disfrutaba tanto haciendo el amor. Ya en la cama, y si mal no recuerdo, me corrí seis veces. Dicen que en el sexo la edad importa, pues si es así, Lou es una maravillosa excepción. Su piel, su olor, el cariño con el que me abraza y su tatuaje hacen que siempre olvide todo lo que he sufrido por él.

Al menos, el romance secreto dejaba de serlo. Ni a él ni a mí ya nos importaba que nos vieran juntos. Supongo que a Lou tampoco que le vieran con otras. Sigue siendo un alma libre y un seductor incorregible.

Cada vez que nos encontramos llevo el pasaporte a mano. Nunca se sabe lo que puede ocurrir. Aquel también fue el caso. En cuestión de cuarenta y ocho horas, decidí que me iba con él a La Habana. La vida es para vivirla, no para que te la cuenten.

Era la tercera vez que viajaba a Cuba y las sensaciones que tuve fueron totalmente diferentes a las visitas anteriores. Me encontré una ciudad moderna pero sin pretensiones, donde cada calle y rincón es un mundo que no ha perdido su esencia original. A pesar de que muchos de sus edificios están en muy mal estado, transmiten una decadencia elegante, una belleza abismal e impactante. Los colores de sus fachadas, los imponentes ventanales y la cultura que se respira hacen de La Habana un lugar mágico.

En pleno barrio chino se halla la Galería Continua. Entramos por casualidad y nos encontramos con una exposición sorprendente de Anish Kapoor, uno de los artistas contemporáneos más importantes del circuito internacional. Fue un verdadero regalo contemplar su obra en esa ciudad. Su trabajo se caracteriza por una infinita capacidad de reinvención, tanto en su faceta de escultor monumental como en sus piezas más íntimas. Es una descripción que se ajusta también a aquel viaje con Lou: monumental e íntimo.

Tengo muy vivo el recuerdo de los largos paseos por La Habana Vieja o el Paseo del Prado; también la ropa vieja y los frijoles del restaurante La Guarida, donde se rodaron algunas secuencias de la película *Fresa y chocolate*; y las visitas al Museo Nacional de Bellas Artes, al Centro de Arte Contemporáneo Wifredo Lam y a la Fábrica de Arte Cubano, templo de la modernidad local y espacio cultural multiuso de una intensa vitalidad y creatividad.

La Habana es alegre, culta, artística, divertida y un destino para alimentar todos los sentidos. Fue el escenario ideal para una semana inolvidable, con largas charlas en el Malecón, noches de salsa en lugares clandestinos y polvos fortuitos en lugares prohibidos. Hubiera firmado seguir allí con Lou para siempre.

Fue una experiencia increíble que me ayudó en mi terapia de reconversión. Necesitaba una escapada así. El anterior viaje que había hecho con un amigo especial se remontaba a unos años atrás. Mamá aún estaba viva y celebrábamos la que creíamos su recuperación. Yo necesitaba evadirme y Flopi me propuso irnos unos días a Asturias, lo que estuvo a punto de acabar con el frágil vínculo que manteníamos.

Gracias a la recomendación de una de esas amigas que son casi hermanas, descubrimos el maravilloso hotel La Ermita de Deva. Está en un precioso entorno rural a solo tres kilómetros de Gijón. Su propietaria, Mara, nos hizo sentir como en casa. Cuando estás lejos del hogar, una sonrisa vale más que mil palabras, y la suya era encantadora.

Dos monjes levantaron sobre un altozano la ermita original hace cuatrocientos años y se la dedicaron a San Antonio. En 1701 se convirtió en casona. Mara la restauró con un estilo moderno pero respetuoso con la historia grabada en sus muros de piedra y en la capilla del siglo XVII que estaba conservada en muy buen estado. Sin duda un sitio para perderse y que transmite lo que se palpa: buen rollo.

Recuerdo de ese viaje con mucho cariño una comida en Casa Yoli, donde su tortilla de patatas nos acompañó en una tarde de risas y cánticos al son de la sidra. Sí, nos reímos mucho. Hubo momentos especiales, pero también situaciones que me recordaron que la educación y el respeto son claves en una relación. Flopi seguía siendo un niño malcriado y a veces resultaba desagradable. Ahora lo es menos. Ha madurado y, tras algunas batallas perdidas, parece ser que está dispuesto a cambiar ciertos aspectos de su vida. Sin embargo, sigo sin tener claro si yo encajo en ella o, más bien, si por mucho que me guste, realmente me aporta lo que yo necesito para ser feliz.

Tras esa escapada a Asturias, no volví a ver a Flopi hasta que el destino hizo que unos años después me lo encontrara en la cola del cine. Es curioso, parece que eso solo pasa en las películas, pero ocurrió. Yo iba con mi amiga Maru. No me encontraba bien. Estaba triste y cabreada. Me tropecé con unas New Balance negras y le pedí perdón al dueño antes de alzar la mirada y sorprenderme con el rostro de Flopi.

—Vaya. Hola. ¿Qué haces aquí? —No se le ocurrió algo más ingenioso como saludo.

—Supongo que como tú, he venido al cine.

—Ah, por supuesto. ¿Cómo estás?

—Bien —mentí, claro—. Con un montón de proyectos. Esta es mi amiga Maru.

—Encantado. Os presento a Gloria.

Era uno de sus ligues. Calculé que tendría veinte años menos que él. Tetas grandes que quizá fueran inversamente proporcionales al tamaño de su cerebro. Nos despedimos incómodos y nos dirigimos a nuestras respectivas salas. Debo reconocer que en un primer momento volví a sentir el cariño especial que le tenía, pero después de fijarme en su acompañante, recordé lo pringado que era y por qué yo había decidido poner distancia.

Flopi intentaba tirarse a todo lo que le pasaba por delante. Creía que así demostraba su masculinidad y, sin embargo, tan solo ponía en evidencia sus inseguridades y su miedo a enfrentarse a una relación auténtica. Le gustaba ir de malo frente a sus amigos. Era un papel que tenía bien estudiado y que le hacía popular en su círculo, de modo que no podía permitirse parecer débil entregándose de verdad a otra persona.

Después de aquel encuentro fortuito y tras algunas llamadas y conversaciones en las que prometió cambiar, decidí darle otra oportunidad. Hay veces que para encontrarse, no hay nada mejor que estar totalmente perdido. Si en ese camino a ninguna parte das con alguien que realmente merece la pena, tarde o temprano terminarás por apreciarlo el doble. Es una de esas paradojas de la vida: deseamos a quien perdemos cuando antes ni siquiera le hacíamos caso. Es lo que le había pasado a él. De modo que recuperé el vínculo con Flopi, aunque eso no hizo que perdiera lo que tenía con Lou y Ju.

Debo admitir que mi relación con los hombres es bastante peculiar. Muchas de mis experiencias con ellos lo confirman. Otro ejemplo. Dos años antes de fallecer mamá, recibí una llamada de Ju con una de esas propuestas que parecen una locura y que a mí me fascinan. Porque, la verdad, no deja de ser una locura cruzar el charco para estar menos de veinticuatro horas en la isla de Aruba, a siete mil kilómetros de casa, donde Ju iba a resolver una operación inmobiliaria. En fin, como siempre he dicho, llevo el *carpe diem* grabado en mi ADN.

Sin embargo, en esta ocasión la propuesta fue de lo más oportuna porque me acababan de contratar como asesora de moda de un nuevo centro comercial que iban a abrir en la isla de Curazao, a solo treinta y cinco minutos en avión de Aruba. No tenía previsto viajar allí hasta mucho después, pero aproveché la oportunidad para ir a conocer de cerca el proyecto y entrevistarme con los responsables. El centro comercial estaba ubicado en el corazón de Willemstad, la capital de Curazao, muy cerca de un conocido puente flotante y próximo al impresionante muelle donde atracan los cruceros que visitan la isla. Tenía muy buena pinta.

Pero antes, claro, disfruté con Ju en Aruba. Nos alojamos en el hotel Renaissance, un *resort* de ensueño atravesado por canales de aguas turquesas. Cenamos en un restaurante y bar de copas decorado al más puro estilo Philippe Starck, con unas vistas al mar simplemente espectaculares. Tomamos varios martinis con fresa y nos agarramos una borrachera divertidísima. No estuvimos juntos ni veinticuatro horas, pero sin duda mereció la pena. Luego cada uno siguió su camino: él, a República Dominicana para atender otros negocios, y yo, a Curazao.

Ju tiene una cabeza privilegiada y el poder de hacerme ir más allá de lo que nunca imaginé profesional y personalmente. No le gusta perder el tiempo ni las personas que lo pierden. Exige mucho de los demás y eso me ha hecho crecer más que con ninguna otra de mis parejas. Y sin embargo, sería difícil que pudiera mantener una relación diaria con él. Su carácter me lleva al límite, de modo que es mejor disfrutarlo en dosis pequeñas. Me costó un año aprender a aceptarle solo como amigo íntimo. Él no quería ir más allá. Llegar a ese punto no resultó fácil. Lo pasé muy mal. Pero una vez que conseguí cambiar el chip en mi cabeza, nuestra relación ha mejorado mucho. Existe amor, pero no sufro por él.

Afortunadamente, ya no sufro por ninguno de los tres hombres que de vez en cuando ocupan mi mente y mi cama. Tres personalidades muy diferentes que, sin embargo, comparten un carácter fuerte y carismático. Probablemente eso es lo que más me guste de ellos, aunque cada uno me atraiga de manera distinta.

Los tres me cuidan, me satisfacen y me divierten, pero ninguno encaja en mi prototipo de hombre perfecto, si acaso existe, que no creo. De hecho, ¿quién lo necesita? Para no frustrarse, conviene aceptar que las parejas tienen limitaciones, prejuicios y taras. Todos las tenemos. Lo interesante es que sus virtudes las compensen. En el caso de mis tres hombres, he llegado a la conclusión de que sus antiguas relaciones les dejaron cicatrices y por eso ahora prefieren mantenerse a salvo de compromisos. Su arma es mostrarse displicentes, distantes o fríos de vez en cuando. Les sirve de advertencia a cualquier mujer que pretenda ir más allá de una intimidad eventual.

No creo que eso sea bueno para ellos. El tiempo pasa y con esta actitud lo único que van a conseguir es ganarse fama de gruñones. No me extrañaría que acabasen solos o viviendo de los malos recuerdos que les dejaron sus amores frustrados en vez de gozar de los nuevos.

La reunión en Curazao fue muy bien y al cabo de unos meses organicé allí un desfile con diseñadores europeos y latinoamericanos. Me sentí cómoda porque conocía bien los entresijos de ese tipo de eventos. Cuando empezaba en el mundo de la moda y vivía en Miami, fui la responsable de la parte europea de la Fashion Week de Miami. Resultó un trabajo duro porque tuve que conectar dos continentes y dos formas de entender esta industria. Esa fantástica experiencia me ayudó a ir consolidando mi carrera hasta lograr la reputación de la que ahora disfruto.

En ese ya largo recorrido profesional me he encontrado con muchos empresarios que invierten en este sector sin tener ni idea de cómo funciona y que tampoco se preocupan por aprender. Tan solo aportan su dinero y su visión para los negocios, pero con eso no basta. Para crear una colección es fundamental generar una historia, idear un hilo conductor que dé coherencia a la propuesta. Mucho más difícil que popularizar una marca es colocarla en lo más alto y mantenerla ahí. Y para eso hay que contar con expertos que, por muy locos que puedan parecer a los ojos de los grandes inversores, son los magos que hacen posible que ciertas firmas se conviertan en un *must have*. Un empresario inteligente sabrá mantener un diálogo fluido con ellos y convivir con sus excentricidades, porque cuanto más talento tienen, más sensibles y caprichosos son.

En estos últimos años han sido varios los directores creativos que se han suicidado víctimas del estrés provocado por mantener la cuenta de resultados que les exigen las empresas que financian sus colecciones. Los alquileres de las tiendas y de los talleres de las grandes firmas de lujo son altísimos y los equipos de trabajo son amplios y costosos. Los hombres de negocios y los bancos no suelen entender de inspiración. No tienen paciencia para esperar a que surja la genialidad. No comprenden que las grandes colecciones siempre son fruto de la calma y la reflexión del diseñador.

Además, la competencia es terrible y las críticas de las estilistas y de la prensa especializada pueden ser terriblemente destructivas. Tengo muy presente la última conversación que tuve con Paul, llamémoslo así, el genio que se escondía detrás de una prestigiosa firma. Le gustaba el anonimato. No solía acudir a eventos ni daba entrevistas. Su cara apenas era conocida. Recuerdo su aparición fugaz en uno de los *shows* más importantes de España. Un auténtico despliegue mediático y económico que reunía a importantes invitados nacionales e internacionales. Salió un instante a saludar tras su desfile y casi nadie le vio después. Presentaba las colecciones y desaparecía hasta la siguiente temporada.

La vinculación con la firma que le contrató le había hecho ganar bastante dinero, pero no tanto como para compensar su infelicidad. Le diagnosticaron estrés y ansiedad. Intentó renunciar en varias ocasiones. No quería ninguna indemnización, solo marcharse. Sin embargo, el contrato se lo impedía y los inversores de la firma no estaban dispuestos a perderle. Su debilidad de carácter le impedía rebelarse. Se suicidó ahorcándose en su casa con uno de los tejidos de su última colección.

El revuelo mediático que provocó duró unos pocos días. La poderosa compañía que controlaba la marca para la que trabajaba y que gastaba millones de euros en publicidad logró que los medios de comunicación apenas se hicieran eco de las críticas de los familiares por los abusos a los que le habían sometido. Lo presionaron y lo acosaron hasta que le rompieron en pedazos.

Sí, me acuerdo muchas veces de la última conversación que mantuvimos, sobre todo ahora que se cumple el segundo aniversario de su muerte. A menudo siento el dolor de no haber sido capaz de ayudarle. Me limité a escuchar sus quejas pensando que eran exageraciones suyas. Cómo me equivoqué y cuánto lo lamento.

Sobre todo, no puedo entender que un hombre que dio tanto a la moda haya sido tan fácilmente olvidado. Ni un homenaje ni una reseña en un libro o en algún artículo conmemorativo. Vi con mis ojos el peloteo de los periodistas avalando su trabajo antes y después de cada desfile, solo para asegurarse un lugar en la primera fila de la siguiente presentación y así disfrutar de un billete en clase preferente, hotel de cinco estrellas y regalos de empresa. Esos mismos, tras su tragedia, miraron para otro lado. Qué actitud tan desleal.

Con Paul también murió algo dentro de mí. Dejé de ser tan confiada. Algunos comportamientos que hasta entonces creía normales, ahora me producen un profundo rechazo tanto personal como profesional.

6

Después de mi viaje a La Habana con Lou, no quería parar de acometer nuevos proyectos. Mi siguiente destino sería Ciudad de Panamá. Hacía tiempo que me rondaba la idea de importar a Europa sombreros panamá y había dado en esa ciudad con un contacto que podría ayudarme.

El sombrero panamá, también conocido como jipijapa o de paja toquilla, se hace a mano con las hojas trenzadas de la palmera. A pesar del nombre original, los primeros fueron fabricados en Ecuador. Lo bautizaron así porque se hicieron populares durante la construcción del famoso canal de Panamá, cuando cientos de unidades fueron importadas desde Ecuador para que los trabajadores extranjeros se protegieran del sol tropical. Theodore Roosevelt, presidente de Estados Unidos en esos años, lo utilizó también cuando visitó el canal, lo que aumentó su popularidad hasta convertirlo en tendencia.

Estos sombreros requieren de ciertos cuidados básicos para mantener la forma de su típica ala ancha, la altura de la copa y el tamaño de la horma, de modo que tenía que estudiar muy bien cómo trasladarlos sin dañarlos o, si no pudiese ser, optar por otro modelo menos delicado. Tenía alternativa.

Tras una visita a Bogotá invitada por la cámara de comercio para impartir una charla sobre moda, tendencias y el uso de las redes sociales, conocí la historia del sombrero wayuu. Está elaborado a mano con cintas de paja por los hombres y mujeres de la etnia que le da nombre. Emplean una técnica tradicional de tejido en diagonal, por lo que les lleva de uno a dos días de trabajo cada pieza. Su precio varía dependiendo de los acabados y de la decoración. Todos los elementos que se incorporan al diseño están tejidos a mano y cada uno de ellos es especial y único.

Los wayuu, también llamados guajiros, son un pueblo indígena que habita la árida península de la Guajira, al norte de Colombia y al noroeste de Venezuela. Me fascinó su forma de trabajar y sus diseños, así que archivé también la idea de importar sus sombreros a España.

Durante mis viajes, he concebido muchos proyectos que luego quedaron en un cajón esperando que se dieran las circunstancias para ponerlos en marcha. En este nuevo periodo de mi vida, mi cabeza pedía acción y el sombrero como complemento destacado volvía a ponerse de moda. Es decir, había llegado el momento de estudiar seriamente emprender ese negocio.

Una misma prenda puede tener varios registros y los complementos juegan un papel esencial en ello. Precisamente, los sombreros pueden ser los mejores aliados de un estilismo cuidado y personal. En realidad, no es una propuesta nueva. Bueno, ya casi nada lo es. Lo que antes era temporal, ahora es atemporal. Incluso parece que han desaparecido las estaciones.

El atlas de la moda cambia según los países o las ciudades. A veces se percibe la diferencia solo por cruzar la calle. Por ejemplo, el estilo *preppy* americano, tan propio del Upper East Side neoyorkino, es más tendencia que nunca y contrasta con el *look* sexi de Miami, cada vez más popular y colorido por la influencia de su población latina.

Las redes sociales favorecen la difusión de estilos con enorme velocidad. Por eso, las firmas y diseñadores tienen que moverse muy rápido para evitar las copias y crear tendencia antes que nadie. No estoy segura de que quien llega el primero siempre sea el mejor, pero sí puede atribuirse ser un creador de tendencias y eso ahora es esencial para lograr el éxito.

Antes, los pequeños diseñadores solían terminar devorados por los monstruos del sector, pero hoy quienes se saben desenvolver en las redes pueden llegar a imponer su sello o, al menos, reivindicar lo que es suyo. De esa forma se da a conocer mucho talento, aunque otra cosa es encontrar el genio. No todos pueden ser Karl Lagerfeld. A propósito, tengo de él un curioso recuerdo.

Yo estaba en el exquisito restaurante Cafe-Patisserie Senequier, sin duda uno de los locales emblemáticos de Saint-Tropez y de toda la Costa Azul. Como dicen los franceses, *très chic*. Un lugar para ver y ser visto. Era verano. Hacía un calor húmedo y pesado. Y entonces apareció Lagerfeld, con su sempiterno *look* en negro y blanco, con chaqueta, guantes y cuello cerrado, rúbrica de un estilo único, absolutamente propio, como todas sus creaciones. Por eso la muerte no le ha impedido seguir siendo un referente para las nuevas generaciones de diseñadores.

Los genios enseñan que lo más importante es desarrollar una mirada propia. Observar el entorno con otros ojos hasta dar con la inspiración. Y para ello no hay nada como viajar. Es así como se captan esencias y tendencias, y se descarta la masificación y la uniformidad. La moda no puede ser la multiplicación de una copia. Una cosa es ser un individuo global y otra, ser absorbido por la globalización. Por eso, estoy convencida de que ha llegado el momento de apostar por firmas con personalidad que pongan en valor lo artesanal, aunque sin olvidar la parte empresarial. Al fin y al cabo, esto es un negocio.

Esa reflexión me llevó a empeñarme en sacar adelante el proyecto de los sombreros. Mi trabajo como *coach* de moda me sigue pareciendo fascinante, pero tenía que abrir una nueva línea profesional. Supongo que empezaba a darme miedo el futuro por la inestabilidad que provoca trabajar por tu cuenta. Sin embargo, me seguía resultando muy difícil dedicarme solo a una empresa y no ser dueña de mi tiempo. Por otro lado, sacar adelante un negocio nuevo exigía ser responsable, valiente y un buena estratega. Era un riesgo importante.

Reflexioné sobre muchas cosas a mi regreso de aquel viaje a Panamá. Pensé también en que, aunque siempre he querido ser independiente, me hubiera gustado que en algún momento de mi vida alguno de los hombres a los que he dado mi corazón me hubiera ayudado.

Desde que me separé, he tenido muy claro algo: no quiero a un hombre rico, quiero a un hombre generoso. Hasta ahora ninguno de ellos me ha dado una estabilidad económica. Todos han tenido y tienen mucho dinero, pero solo lo he disfrutado cuando he compartido algún plan con ellos. Sería maravilloso tener una tarjeta de crédito a mi nombre y que el dinero no saliera de mi cuenta. Me pregunto qué se debe sentir...

Precisamente, a mi vuelta a Madrid desde el Caribe vi que me había pasado tirando de la American Exprés. Menos mal que los gastos de los vuelos me servían para acumular puntos en Iberia, de modo que pude adquirir un pasaje económico para Nueva York, mi siguiente destino. La oportunidad surgió estando con Lou en La Habana.

—Me han llamado para realizar una exposición de fotografía en Manhattan —me dijo mientras tomábamos un mojito en el Malecón—. Bueno, más que una exposición es un estudio visual sobre el mundo de los *instagramers,* la moda y la estética.

—Suena bien. ¿Te apetece?

—Sí, pero les he dicho que solo aceptaría si tú te encargas de crear la historia que dé coherencia a la muestra.

Lou me conoce muy bien y sabía que pasaba por un periodo en que necesitaba tener la mente activa, así que me sumó al proyecto.

—Gracias. Me encanta la idea.

Sí, me gustaba la tarea de ofrecer un punto de vista estético pero también periodístico y sociológico de una red social que ha cambiado por completo el mundo de la comunicación y la manera de interactuar, sobre todo en mi sector. Y también me gustaba la idea de trabajar junto a él.

Llegué a Nueva York un 15 de diciembre. Antes de aterrizar, sobrevolamos la Gran Manzana. Contemplar sus imponentes edificios desde el aire me pareció sexi. Esa ciudad siempre me ha dejado buenos recuerdos. Me hace sentir viva.

Mientras nos aproximábamos al aeropuerto, revisé en el ordenador la presentación que había estado preparando durante el vuelo con mis ideas sobre el contenido de la muestra fotográfica y que expondría a Lou y a los organizadores.

Partía de una pregunta esencial: ¿qué hace que un usuario de Instagram se convierta en *influencer*? O se podía formular de otra manera: ¿cómo un *instagramer* desconocido consigue la credibilidad necesaria para obtener un gran número de seguidores hasta lograr ser prescriptor de tendencias o marcas?

La respuesta podría resumirse en estas tres características de éxito: un trabajo constante para crear un personaje diferencial a través de las publicaciones y también gracias a la búsqueda de soportes y alianzas con *influencers* conocidos; creatividad y talento para comunicar las propuestas, y una idea clara de cuál es su público objetivo.

Esta última característica es la primera que las marcas deberían tener en cuenta a la hora de sumar a un *instagramer* a su estrategia de *marketing*. La popularidad no proporciona más ventas si el perfil no es el adecuado para sus clientes o usuarios. Por eso, conviene establecer una clasificación de los perfiles más habituales para saber a qué atenerse:

— *Influencers celebrities*. Son aquellos que tienen un reconocimiento elevado y no menos de cincuenta mil seguidores. Bastante activos en sus cuentas, aunque no necesariamente interactúan con su comunidad, lo que es un grave error, a no ser que seas una estrella internacional. No vale con subir una foto y publicar una historia. Hay que contestar y debatir.

— *Micro-influencers*. No pasan de los dos mil seguidores. Alcanzan a menos personas, pero impulsan un alto compromiso en ellas. En su nicho son capaces de generar un gran impacto.

— Líderes de opinión. Individuos que por su trayectoria son respetados, expertos en sus campos (*life style*, decoración, moda, *healthy life*, música, cocina, belleza…). Suelen crear tendencias además de generar ventas. No tienen menos de veinte mil seguidores.
— Consumidores prescriptores. Clientes de marcas muy activos en redes con un poder de influencia elevado y con comunidades relevantes de, al menos, mil seguidores. Este perfil es muy interesante para crear una buena reputación.

En definitiva, lo más importante de un *influencer* no es la cantidad de seguidores, sino su calidad, es decir, su capacidad y disposición real a hacer suyas las propuestas que les hacen.

Es sorprendente la rapidez con que esos protagonistas de las redes sociales han roto las estructuras tradicionales de la industria de la moda y el diseño. No solo son altavoces y espejos de una demanda que ellos también ayudan a crear, sino que han impulsado otra forma de consumir.

El *See Now Buy Now* (adquirir una prenda nada más verla sobre la pasarela) fue una exigencia que partió de *instagramers* muy activos que deseaban ser los primeros en comprar esos diseños. Tommy Hilfiger fue uno de los primeros que se adaptó a esta demanda en tiempo real. Ahora lo hacen todas las firmas.

Se estima que el 80 por ciento de los consumidores busca ideas de estilo e inspiración en las redes sociales. Es decir, confían más en el contenido generado por las personas a las que siguen, en ese boca a boca virtual, que en la publicidad de las marcas. Hablamos de poder. Un poder que genera dinero y fama, por lo que cada vez son más los candidatos que aspiran a alcanzarlo adentrándose en una jungla de egos e intereses donde la competencia es la única regla.

Mi objetivo en la exposición de Lou sería categorizar los perfiles más habituales entre los *instagramers* de éxito, encontrar ejemplos representativos de cada uno de ellos e intentar descubrir a la persona detrás del personaje, explicando el proceso de transformación que habían tenido que asumir para convertirse en referentes de un gran mercado.

Lou, obviamente, se encargaría del trabajo artístico. Siempre ha tenido un don increíble para ver lo que pocos ven y para captar la realidad que él solo percibe. Mi tarea también consistiría en elegir los estilismos del espacio y crear el hilo conductor que aportara relato a la exposición.

Ese tipo de producciones requiere meses de trabajo elaborando presupuestos, investigando escenarios, desarrollando las propuestas y, sobre todo, realizando el *casting* entre los *instagramers*. Los personajes debían ser explosivos, transgresores, al igual que su historia. Luego Lou sabría cómo mostrar su esencia.

En el comienzo de nuestro proyecto, Lou y yo pasamos noches insomnes comiendo *sushi*, bebiendo vino, haciendo el amor y estudiando a esos personajes que para nosotros iban cobrando vida más allá de las redes sociales.

Trabajamos mucho, pero también tuve tiempo de disfrutar de la ciudad. Nueva York siempre ofrece una agenda interminable. Una tarde soleada decidí pasear por el Meatpacking District. Me apetecía caminar sobre el High Line, la plataforma por la que antiguamente circulaban los trenes. En ella hay tumbonas de madera en las que reposar y observar a la gente, y en las que puedes dedicarte a escribir tus pensamientos que, tal vez, se conviertan en un libro. Pequeños placeres como ese te ayudan a ordenar ideas y fijar prioridades. Antes de darle a la cabeza, hay que procurar tenerla en su sitio.

En ese mismo barrio se encuentra el hotel The Standard, High Line, en el 848 de Washington Street. Ofrece una de las vistas más espectaculares de Nueva York y, sin duda, la más impresionante del río Hudson. Llaman la atención sus baños panorámicos y acristalados, en donde prácticamente haces pis con el culo al aire. Allí tuve sexo con un amigo de Flopi. En realidad no eran grandes amigos, pero sí se conocían bastante. Después de nuestro viaje a Asturias, me marché a Nueva York para una reunión de trabajo y coincidí con… X en el Eataly, un mercado italiano al que fui para comer una buena pasta. Empezamos a hablar y quedamos para tomar una copa en el The Standard. La química era evidente y las ganas que yo tenía de olvidarme de Flopi hicieron el resto.

Se me ponen los pelos de punta al recordar el polvazo en el baño y el morbo que producía saber que tras los cristales alguien nos podía estar observando. En realidad, no me importaba nada que nos vieran. Luego, él se sintió fatal por Flopi. Cosas de tíos. Si supiera lo mal que se portó conmigo en Asturias, no hubiera tenido tan mala conciencia.

Ahora que lo pienso, no estaría de más llamar a X y retomar el contacto.

Entusiasmada por el proyecto de la exposición, quise despedir 2018 por todo lo alto, así que me trasladé a una de mis ciudades preferidas, Cartagena de Indias, en Colombia, donde me reuní con unos amigos. Fue un fin de año fantástico, vestida de blanco en la azotea del hotel Santa Teresa, donde años atrás empezó a fraguarse una historia de amor que terminó en matrimonio. El mío. Se me pasaron por la cabeza muchas cosas y algunas personas. Sentí añoranza. Mi vida se había convertido en una montaña rusa en la que casi nada era predecible, pero daba igual. Afrontaría lo que fuera. Brindé por mamá y por el futuro.

7

Decidí quedarme en Cartagena un par de meses. Desde allí seguí trabajando en la exposición, que se programó para enero de 2020 en una de las galerías más relevantes del Soho neoyorkino. De modo que Lou y yo teníamos un año por delante para desarrollarlo todo.

Enseguida se nos ocurrió el título: *Detrás de las redes* (*Behind Social Media*). Era muy apropiado. Detrás de una foto en Instagram siempre hay una historia y detrás de esa historia aparece el personaje y la persona, dos realidades que a menudo cuesta diferenciar. Detrás de una sonrisa puede haber mucho dolor. Tras una imagen de fortaleza tal vez se esconda una debilidad. Detrás de un rostro saludable quizá se oculte la enfermedad. Detrás de todo eso, probablemente te encuentres tú. Las apariencias engañan y, por eso mismo, son absurdas. Nuestro mejor atributo debería ser la naturalidad. No se trata de desnudarnos frente a todos, sino de rechazar ser algo que no somos.

Para realizar el *casting* de los *instagramers* que serían fotografiados por Lou me planteé algunas preguntas que compartí con gente de mi entorno: ¿cuáles son los perfiles más atractivos y por qué? ¿Debía optar por aquellos que nos hacen pensar o por los que hacen que no pensemos? ¿Serían más apropiados los que construyen una comunidad compartiendo también lo bueno e interesante de otras personas o los que sobre todo se miran el ombligo? ¿Tendría que dar cabida a los cotillas y envidiosos o solo a los que aportan, a los generosos, a los que no tienen miedo de la crítica?

Llegué a la conclusión de que todos ellos deberían estar presentes en la muestra. Por supuesto, tendría que analizar los perfiles observando la calidad y el estilo de lo que cada uno publica, pero sobre todo intentaría aproximarme a ellos sin caretas, conocerlos en la intimidad, desvelar el camino que les había llevado hasta allí.

Inicie la búsqueda con una selección amplia de *instagramers* para descubrir hasta dónde me podía llevar mi investigación. Como imaginaba, al adentrarme en sus vidas en muchos casos me topé con realidades que nada tenían que ver con lo que reflejaban sus publicaciones.

Pero tampoco conviene asumir el papel de juez. Quienes se arriesgan a ser visibles, quienes deciden compartir una parte de su vida, aunque a algunos les parezca frívola o estúpida, muestran un valor que hay que apreciar porque esa es también una manera eficaz de conocer, de iniciar diálogos, de expresar formas de sentir o de ser en las que muchos pueden verse reflejados. Detrás de las redes hay mucha vida real.

Es evidente e inevitable que Instagram se utilice con frecuencia como camuflaje, pero en la mayoría de los casos sirve de ventana por la que mirar cómo son los demás. Y no me refiero solo a las personas. Allí también queda expuesta la ética profesional de empresas y marcas, que emplean esa red social como una poderosa herramienta de venta y promoción por su enorme capacidad de interacción con los usuarios y clientes. ¿Es cierto todo lo que publican las marcas? ¿Es real la cifra de sus seguidores? ¿Son seguidores sinceros o comprados? Recomendar un producto tratando de ocultar que te pagan por hacerlo no es un delito, pero ¿es ético?

No dejé de hacerme preguntas, y no todas obtuvieron respuesta, en esos dos meses que pasé en Cartagena de Indias. Cómo adoro esa ciudad, a pesar de su calor húmedo que hace que se te pegue todo al cuerpo y la cara te brille como una bombilla. Es un lugar tan precioso que se lo perdono todo, incluso que me haga parecer siempre como recién salida de un baño de vapor.

Me encantan sus colores, los olores de la calle y la música de fondo. Me gusta pasear sola, sentarme en el patio del hotel Santa Clara y tomarme un vinito blanco mientras veo pasar la gente.

Mi historia de amor con Cartagena de Indias se remonta a 2002, cuando me concedieron la Medalla de la Ciudad junto a Custo Dalmau. A partir de entonces, se convirtió en uno de mis refugios. Precisamente allí se me ocurrió una idea brillante para un concurso de televisión que unos años después llevé a cabo. De aquel programa salieron las primeras *influencers* españolas.

Tengo tantas anécdotas en esa ciudad que con todas juntas se podría hacer una serie de televisión. Solo un ejemplo. Una noche, durante una fiesta, me metieron algo en la copa. Me desperté al día siguiente en la casa donde me alojaba sin recordar nada, ni siquiera cómo había llegado hasta allí. A mi lado había un hombre. Eso sí, yo estaba totalmente vestida. Resulta que solo me había acompañado para protegerme y él, bebido también, no pudo evitar quedarse dormido. Hoy es uno de mis mejores amigos. A propósito, la casa donde me alojaba fue confiscada años más tarde porque sus propietarios habían hecho su fortuna con el narcotráfico.

La verdad es que hice muchas locuras de juventud. Me la jugué a menudo, a veces tuve malas experiencias, pero en general me lo pasé tan bien que valió la pena. Además, las malas experiencias te ayudan a aprender y a crecer. Hoy soy mucho más desconfiada. Mis amigos, cuando tienen que describirme, lo hacen así: Frida es atrevida, perfeccionista, valiente y desconfiada. No me fio ni de mi sombra, aunque muchas veces peco de buena fe.

Recordé la anécdota de la droga en la bebida tras disfrutar de otra fiesta intensa en Cartagena. No había probado una gota de alcohol desde el fin de año en la azotea del hotel Santa Teresa, pero esa noche parecía que regalaban las botellas de Ruinart. La celebración me dejó KO, pero al día siguiente estaba sana y salva, y sin ningún desconocido tumbado a mi lado.

La última vez que había bebido tanto champán fue en una cena que daba un rico político de Tamaulipas, un estado en el noreste de México, que además coincidió con mi cumpleaños. Volamos en helicóptero desde la capital, DF. Despegamos desde lo alto de la azotea de uno de los edificios emblemáticos de la ciudad y aterrizamos en la mansión del anfitrión. Nos recibieron con rancheras.

La cena consistió en caviar, langosta y ostras. También había una selección de bombones: de Richard Donnelly, traídos expresamente desde Estados Unidos, del maestro chocolatero belga Pierre Marcolini y pequeñas cajas de Lady Godiva. Para beber, solo se servía champán Cristal, tequila y agua de Evian.

Como sabían que yo cumplía años, tenían preparado especialmente para mí una gran piñata de donde cayeron cajas de Tiffany con colgantes, pendientes, llaveros y corazones de esa joyería.

Pero lo más impresionante fue el espectáculo de caballos de pura raza que organizaron para los invitados. Al concluir, una preciosa niña, de unos diez años, hija del magnate, apareció montada en una carroza. Iba vestida de blanco y tenía un lazo rojo en su negra melena. Era literalmente una princesa. Manicura impecable, línea de los ojos pintada y las cejas perfectamente alineadas.

Se bajó de la carroza y me entregó una bolsa. Era roja como su lazo y se podía leer «Cartier». La abrí y me topé con un reloj Panthère, de pulsera de cuarzo y oro amarillo. Casi me desmayo. Precioso pero excesivo. ¡Costaba casi 42.000 euros! Una barbaridad. Intenté devolverlo y lo tomaron como un desplante, así que me lo quedé. No me lo pongo muchas veces pero cuando lo hago, recuerdo aquella noche como una de las más deslumbrantes y sorprendentes de mi vida.

Vivir experiencias así alimenta más que nada el espíritu y te ofrece una nueva perspectiva. Te das cuenta de que existe un mundo más allá del reducido entorno social en el que habitualmente nos movemos.

Mi círculo en Cartagena de Indias es también pequeño y cerrado, pero a la vez muy internacional. Los colombianos son tan fascinantes que cualquier cosa puede pasar con ellos. Y a mí, como ha quedado claro, me gusta que me pasen cosas.

Mezclar champán con patacones y acompañarlo de una decoración tropical y del ritmo del vallenato estimula a cualquiera. Así fue la fiesta en la que fluyó el Ruinart y en la que mi amigo Pacho intentó acapararme sacándome a bailar. Es un fijo en ese círculo social cartagenero que frecuento. Tiene todo lo que uno se pueda imaginar. Simpatía, contactos y dinero. La verdad es que me encantaría que me gustara, pero no me pone nada, así que es una relación inviable. En eso soy tajante. Se me ocurren algunas amigas mías que serían más flexibles que yo para eso. Le mirarían la cartera antes que la cara.

Esa noche, tuve que apartar a Pacho varias veces porque le notaba demasiado contento de verme. Una cosa es ser educada y reírle las gracias, y otra muy diferente soportar que se empalme mientras me roza. Hubo un momento en que sentí su polla tan dura que le tuve que pegar un empujón que le estampó contra el cubo con hielo donde se enfriaban las botellas de champán.

Cartagena de Indias me transforma por dentro y por fuera. Allí me gusta vestirme con un punto latino y, sobre todo, con mucho color. Los accesorios son fundamentales. Se trata de llevar el maximalismo al límite. Todo es demasiado pequeño para las colombianas.

Los volantes, los sombreros o los pendientes XL hacen que la moda en su país tenga un sello distintivo. Por eso, finalmente decidí lanzarme a importar a Europa los sombreros wayuu y otras prendas y accesorios de firmas colombianas realizadas por artesanos y elaboradas con técnicas ecológicas y sostenibles.

Hacer negocios en Colombia a veces llega a ser una tarea muy ardua. Hay diferencias culturales en la manera de trabajar que a menudo te desconciertan. Aprendí que allí al principio todo son halagos, pero cuando el trabajo empieza a dar resultados, aparecen los egos. Y si hay dificultades de financiación, todo son reproches.

Para mí fue un reto que pensé que podría superar y que me haría crecer. Sin embargo, me topé con demasiados muros y me harté. Así que corté por lo sano. Lo dejé correr. Tal vez, con el tiempo, el diseñador con el que trabajaba, que se sentía conmigo en la cresta de la ola, se dé cuenta de que los éxitos se logran en equipo.

Algo parecido pasa con ciertos personajes y marcas que logran una gran repercusión gracias a las redes sociales y que, después de ese primer impulso, se estancan. A los seguidores hay que alimentarlos constantemente con información y propuestas, si no estarás escribiendo la crónica de una muerte anunciada.

Tuve un caso así entre los primeros perfiles que seleccioné para la exposición de *instagramers* de Lou. Era un veinteañero de talento precoz que cambió su intención de ser modelo por la notoriedad que le proporcionó ser reconocido como *influencer*. Fue muy interesante seguir su evolución: el anonimato inocente, la energía positiva al verse crecer y el ego aflorando cada día con más fuerza hasta desconectar con la realidad. Olvidó cómo empezó y se dejó engañar por una fama vacía.

Le propuse formar parte del proyecto. Utilizaríamos para todos los participantes seleccionados la misma estructura narrativa: partiríamos de su primera foto de perfil en Instagram, a la que le seguirían otras que él hubiera ido publicando con el tiempo. El análisis de su trayectoria finalizaría con la fotografía artística de Lou. La cruda evolución sin retoques ni filtros. Terriblemente reveladora. Se negó. Sus seguidores le habían empezado a abandonar y no quería visibilizar así su decadencia. Poco después, cerró todas sus cuentas.

El auge y caída de aquel chico había durado solo cuatro años. Una vida corta en Instagram, al menos comparada con la mía. Yo viví y me involucré en los comienzos de las redes sociales. Twitter fue el primer fenómeno revolucionario en la comunicación. Una red social abierta a todo el mundo cuyo principal atractivo era la inmediatez y la falta de límites. Un campo abierto para hablar, para debatir, para generar opinión, para halagar y para difamar, para reivindicar y para juzgar.

Se abría una nueva dimensión, especialmente para la moda al poder retransmitir los desfiles en *streaming*. Millones de personas se convirtieron en invitados de un *front row* virtual donde antes solo se sentaban unos pocos privilegiados.

Yo fui embajadora de Twitter. Visité sus oficinas en Manhattan y desde allí tuve el honor de comentar en directo el primer desfile emitido a través de Periscope de la firma Custo Barcelona. Fue durante la Fashion Week de Nueva York de 2015.

Esa semana de la moda es una de las más importantes del mundo. Estar sentado en su primera fila, como ocurre en la de París o de Milán, marca tu posición en el sector. Las redes sociales han modificado esas listas de invitados VIP. Ahora son las *influencers* quienes ocupan muchos de esos asientos.

Al principio se las escogía solo por el número de seguidores que reunían. Ahora, las firmas son más rigurosas. Para saber el verdadero valor de prescripción de los *instagramers*, se realizan auditorías que identifican los perfiles con más impacto real y los territorios donde son más fuertes.

Los equipos de comunicación y *marketing* deben hacerse siempre las dos preguntas clave. Una: ¿sus seguidores son reales? Y la otra: ¿es un público objetivo para el diseñador y la firma? Son cuestiones que yo me hago constantemente porque formo parte de todo este entramado. Yo también alimento las redes con mis acciones y eventos, y necesito analizar perfiles y seguidores para ser más eficaz en mi trabajo.

Afortunadamente, acumulo experiencias que me han servido para conocer bastante bien este universo virtual. Recuerdo cuando Betty Ho, ahora una famosa *influencer*, se puso en contacto conmigo hace ya algunos años. Creo que fue en 2013. Llamó a mi oficina y Grace, mi asistente por entonces, la atendió. La escuché hablar con alguien desde mi despacho con más amabilidad de lo que era habitual en ella.

Ya he mencionado antes a Grace. Se creía demasiado importante para asumir que entre sus funciones estaba contestar las llamadas y eso hacía que no derrochase simpatía como telefonista. Siempre me molestaron sus aires de grandeza, a pesar de proceder de un pequeño pueblo donde la conocían perfectamente. Grace era su tercer nombre. Bueno, en realidad tampoco lo era. Se llamaba María Purificación Gracia. Supongo que lo de Mari Puri no le parecía tan *cool* como lo de Grace y, por la misma razón, prefería decir que pasaba los findes en la finca de sus padres en vez de en su casa del pueblo.

El caso es que al cabo de unos minutos, Grace, o Gracia para la familia, me pasó la llamada entrante.

—Frida, es una tal Betty Ho. Dice que te admira mucho y que su sueño es ser *influencer*.

—No me extraña. Todas quieren serlo.

—¿Qué le digo?

—Pásamela... —Y contesté—. Hola, soy Frida. ¿En qué puedo ayudarte?

—Hola Frida. No sabes qué ilusión me hace hablar contigo. Me llamo Betty Ho y quiero ser como tú.

No era la primera vez, ni sería la última, que alguna chica joven contactaba conmigo con la misma pretensión. Estaba naciendo un nuevo tipo de personaje en la moda al que no todo el mundo dio la importancia que yo ya anticipaba. Eran nativas digitales que en muchos casos preferían dejar de estudiar para dedicarse solo a hacer de las redes un vehículo para acceder a firmas de prestigio y, con suerte, adquirir reconocimiento. En otros casos, su intención no pasaba de buscar cualquier protagonismo para luego monetizar su vida privada.

Betty Ho me cayó bien. Parecía despierta y con buenas ideas, así que acepté su invitación para tomar un café en su casa. Aunque era joven, aparentaba aún menos edad. Su pequeño apartamento estaba amueblado con cajas y pilas de revistas de moda. Una caja de embalaje hacía de mesa en el diminuto salón y sobre el último número de *Vogue* reposaba una vela y un elegante *bouquet* de rosas. Luego supe que se lo habían regalado porque lo subió a Instagram.

Es sorprendente lo que ha conseguido esta niña que vi crecer. Empezó a crear su estilo tiñéndose de rubio platino.

Hacía propuestas atractivas y divertidas, y en poco tiempo ya tenía medio millón de seguidores. Grace, que usaba un tono despectivo y sarcástico cuando hablaba de ella, en cuanto dejó de trabajar en mi oficina, quiso hacerse amiga suya.

Qué personaje esta Mari Puri. Terminó quitándome clientes, facturando gastos personales a mi cuenta por debajo de la mesa y aliándose con mi antiguo abogado en asuntos legales que me perjudicaban. Y también se la jugó a Betty Ho: le robó una de sus clientas más importantes y casi le levanta el novio.

Sabía que era capaz de cualquier cosa por lograr sus objetivos, pero nunca imaginé que lo haría a mi costa y más después de todo lo que la ayudé personal y profesionalmente. Si de verdad el karma existe, y yo lo creo, espero que un día llame a su puerta y le explique la diferencia entre la ambición de largo recorrido, pausada, y la ambición de miras cortas y zancadillas escondidas tras falsas sonrisas. Me cuesta admitirlo, pero esa herida no está cerrada y mucho me temo que nunca llegará a cicatrizar del todo.

En el fondo, lo que me hizo fue una valiosa lección para mí. Ahora ya no puedo soportar a tanta cínica que te encuentras en este mundo. Tanto «¿qué tal estás, amor»; tanto «fenomenal»; tanta hipocresía. Necesito a gente transparente y honesta a mi lado, por eso he acabado con algunas supuestas amistades. De la misma manera que para seleccionar mi *look* diario primero elijo los zapatos y luego todo lo demás (me gusta pensar que me visto por los pies), a la hora de relacionarme, primero analizo el interior de las personas y si no me gusta lo que veo, las aparto sin importarme quiénes son ni lo que tengan.

Betty Ho continúa siendo una buena amiga. Ha trabajado mucho para llegar a donde está. Algunos pueden pensar que para ser *influencer* basta con una buena imagen y mucho postureo. Se equivocan. Exige sacrificio, esfuerzo y también tener la piel dura para aguantar la constante exposición pública. La presión y la competencia es muy fuerte. Por eso, desgraciadamente, algunas terminan sucumbiendo al personaje que han creado para ser lo que los demás quieren que sean, para obtener más *likes* y más contratos.

Hace poco leía en la prensa que una chica que soñaba con ser una prestigiosa *influencer* se había suicidado. Se llamaba Susana y tenía veintiún años. Su padre era funcionario y su madre pertenecía al equipo de limpieza del aeropuerto de Barajas. Susana ya había logrado algunos miles de seguidores. Publicaba continuamente fotos con bolsos y zapatos de grandes firmas. A menudo se hacía selfis en el aeropuerto vestida muy *cool* frente a una puerta de embarque con su maleta de mano. Ofrecía a sus seguidores lo que parecía un mundo fascinante. Lujo, viajes y sonrisa permanente. La realidad era que acudía al aeropuerto no para coger un avión, sino acompañando a su padre para recoger a su madre después de su jornada laboral.

Sus padres creían que eso de las redes sociales solo era un juego para su hija y como las notas iban bien, tampoco le dieron mayor importancia. Solo empezaron a preocuparse cuando durante uno de esos posados en el aeropuerto, se le subió el jersey dejando a la vista su cintura. Les asustó lo mucho que había adelgazado. Ella nunca había sido gordita pero tampoco excesivamente delgada, y ahora sí lo estaba. Se le notaban exageradamente las costillas y tenía la piel llena de magulladuras.

Meses más tarde la encontraron muerta en su cama junto con una nota. Quizá alguien descubriera sus falsos viajes o simplemente no pudo soportar los insultos de los *haters* que siempre acosan a quienes airean su vida en las redes. La causa del fallecimiento no trascendió. Los padres pidieron respeto y los medios se lo dieron.

Lo noticia se publicó sin una foto de Susana, de modo que ni siquiera su tragedia le sirvió para alcanzar la fama que siempre quiso. Se limitaron a describirla como otro juguete roto. Muchos de sus seguidores lloraron su muerte durante unos días. Publicaron mensajes positivos, de cariño y afecto para sus padres y hermanos. Pero también hubo otros desgarradores, monstruosos: «Menos mal que te has muerto, gorda de mierda». «Eras una hortera». «Hasta las más guays se mueren».

Qué falta de conciencia y de humanidad. ¿Cómo se puede ser tan mala persona? ¿Cómo se puede estar tan loco? Cuánto envidioso suelto y cuánto miserable. Hay que ser muy cobarde para esconderse detrás de un nombre falso y una foto ficticia e intentar arruinar la vida de quien nada te ha hecho o alegrarte por su muerte.

Los *haters* ya existían incluso antes del *boom* de las redes sociales. Recuerdo cuando a principios de este siglo surgieron los blogs de moda en los que las editoras de las revistas del sector o estilistas conocidas escribían sobre *looks* y tendencias. También había mucho espacio para las noticias del corazón. El entorno *online* adquiría cada vez más relevancia y eso atrajo a comunidades de cotillas malas que se vieron con el poder de comentar con muy mala leche lo que se publicaba, arremetiendo contra personajes conocidos, alimentándose de las desgracias ajenas y esparciendo bulos que podían hacer mucho daño.

Cuando me separé, tuve que leer comentarios horribles llenos de rabia y de insultos. Lo más terrible es que algunos los hacía gente conocida o del mismo círculo que yo. Cuando uno bebe de más, se suelen escapar cosas que te dejan en evidencia. Así fue como identifiqué a varias que se dedicaban bajo perfiles falsos a poner a parir a amigas y conocidas suyas. Yo fui una de sus víctimas. Cuánta falsedad concentrada entre el madrileño barrio de Salamanca, Puerta de Hierro y La Moraleja.

La hipocresía ha sido siempre una moneda de curso legal en este mundo de la moda y ahora más que nunca se paga con ella. Para comprobarlo, solo habría que juntar a ciertas *influencers* en una cena. Eso sería una bacanal de cinismo. Aunque también hay otras, no pocas, que son realmente chicas normales que venden naturalidad y rechazan un excesivo protagonismo, por eso incluso prefieren no aparecer en los *photocalls*.

Estaba llegando al final de mi estancia en Cartagena de Indias. Procuraba disfrutar al máximo de las últimas tardes en las que, con una copa de vino y unas aceitunas para picar, me sumergía en búsquedas *online* para dar con perfiles dispares que protagonizarían nuestra futura exposición en Nueva York. Empezaba a tener claro lo que necesitábamos. Hice una primera selección de diez perfiles, o más bien categorías en las que pensé que encajaría la gran mayoría de *instagramers*. Luego iría cribando a los candidatos hasta escoger a los más representativos. Envié a Lou mis progresos. Le gustaron. Eso era lo primordial.

La noche previa a mi regreso a Madrid paseé a solas por el casco antiguo de la ciudad escuchando la música callejera y sintiendo el aire cálido y los aromas dulces. Quería llevarlo todo conmigo a España. Antes de meterme en la cama, me miré en el espejo. Me lavé los dientes. Limpié suavemente la piel de mi rostro, me puse tónico y terminé con una crema hidratante de aceite. Sonreí a mi imagen y me dije en alto: «Todo va a mejor. Tú puedes».

La verdad es que echaba de menos Madrid. Dos meses es mucho tiempo. Tenía ganas de ver a mi familia y de abrazar a mi sobrina. Además, Flopi me había escrito. Debo reconocer que aún me rondaba por la cabeza y, en cierto modo, también lo echaba de menos. Tal vez no era la mejor pareja, pero tampoco la peor. Se trataba de aprovechar lo bueno, lo divertido, lo que me aportara, y desechar lo que no me gustase de él. No pretendía que fuera mi única pareja, pero tampoco quería estar con Flopi por estar. Digamos que todo iría bien si acordábamos una relación fluida.

Había aprendido a mirar la vida con perspectiva. Estaba cansada de reglas y de ideas preconcebidas sobre lo que se supone que tiene que ser una pareja. Como pasa con los estilismos, un misma prenda no sienta bien a todo el mundo ni sirve para todas las circunstancias.

A Flopi le encantaba salir con mujeres mucho más jóvenes porque eran más fáciles de manejar. Era su manera de huir del compromiso. Me parecía una gran estupidez. Estar con alguien nunca puede ser un compromiso. Pero decidí respetarlo. Y él tendría que aprender a compartirme con mis otros hombres.

8

Son muchos años de viajes, pero subirme a un avión me sigue poniendo nerviosa. No fue diferente la sensación aquel 5 de febrero de 2019 en el aeropuerto de Bogotá. Hay razones para que recuerde bien esa fecha. Mostré mi tarjeta de embarque exclusiva en el mostrador de Avianca, puse la contraseña del wifi en el teléfono y busqué un sitio cómodo para sentarme en la sala VIP, donde siempre me relajo antes del vuelo.

Me gusta estudiar esos lugares: el servicio que ofrecen a la entrada, el tipo de *catering*, la decoración... También a las personas que esperan allí. Normalmente son hombres, sobre todo cuando estoy en Latinoamérica.

Dejé mi maleta de mano negra de Rimowa y mi bolso de Louis Vuitton con mis iniciales en la silla de al lado y me dirigí al bufé. Tenían una selección de vinos realmente buena y la presentación estaba muy cuidada, con buen gusto. Cuando me estaba sirviendo una copa de tinto, percibí el aroma de Dior Sauvage. Me encanta ese perfume. Me resulta tan varonil y sexi que se me pusieron los pelos de punta. Luego, alguien me arrebató la botella con delicadeza al tiempo que me decía:

—Perdóneme señorita. ¿Me permite que le sirva?

Alto, mediana edad, entrecano, ojos grandes y profundos, impecablemente vestido... Dios mío, ¡qué guapo era! Creo que simplemente con mirarlo se me humedecieron las bragas.

—Por supuesto, encantada —le respondí sonriendo.

—Mi nombre es Marco. ¿Y el suyo?

—Frida. Es un placer, Marco. Eres muy amable. Ahora solo falta que me digas que vuelas a Madrid y te dejo que me lleves en volandas al avión.

Joder, joder, joder... ¡No sé cómo tuve el valor de decirle eso! Se río con ganas.

—Frida, además de bella, eres una *crack*. Sí, voy a Madrid, pero no pienso llevarte en brazos porque si lo hago, te aseguro que no llegas al avión.

Noté cómo mi cuerpo literalmente ardía y mis orejas enrojecían. Le miré, me miro y... bueno, sucedió lo que tenía que pasar. Acabamos en el baño de la sala VIP del aeropuerto de El Dorado. Después de lo del amigo de Flopi en Nueva York, era lo más fuerte que había hecho nunca. El orgasmo fue tan intenso que me produjo hasta dolor.

Nos sonreímos mientras nos colocábamos la ropa. Nos fundimos en un abrazo inolvidable y al separarnos, reímos sin motivo. Es asombroso sentir una conexión tan especial con alguien al que acabas de conocer.

Al salir del baño me pareció que el mundo se hubiera parado durante esos pocos minutos. La copa de vino seguía en la mesa y mi maleta y mi bolso, en la silla. Me coloqué mejor la camisa, me peiné con los dedos y cogí la botella.

—¿Me permite que ahora le sirva yo, señor? —Y brindamos por habernos encontrado.

Aquel no había sido un polvo más. Fue la confirmación de que ya nada ni nadie me condicionaba para hacer lo que me apeteciera. Lou, Ju y Flopi eran fantásticos, pero me habían dejado claro que tenían su vida. Pues bien, yo tenía la mía.

Avisaron por megafonía de la salida del vuelo y embarcamos. Mi asiento era el 3A, junto a la ventana. Marco estaba justo detrás, en el 4A. Cuando despegamos, sentí que yo también volaba y me estremecí. Percibí el cambio en mi interior. De alguna manera, me había liberado.

Cuando la azafata pasó con el carrito de los aperitivos, pedí otro vino como preludio al viaje introspectivo que comenzaba. No sabía exactamente por qué, pero me sentía más mujer que nunca. Abrí mi ordenador portátil para buscar un viejo archivo. Di con él dentro de una carpeta que era como un cajón de sastre. Ni siquiera recordaba cómo lo había llamado: «La estilista».

Leí las primeras líneas de aquello que había escrito años atrás y recuperé sensaciones que ahora se repetían. Ahí estaba el inicio de algunos afectos que ahora sentía evolucionar. Es bonito comprobar que las personas importantes que han pasado por tu vida siguen estando en ella, aunque de otra manera. Por eso no quería perder a Ju, Lou y Flopi. Continuaban siendo importantes, pero los veía desde una perspectiva distinta. A menudo las relaciones me habían quitado energía hasta el agotamiento y la frustración. Estaba decidida a que ya no me obsesionaran.

Me preocupaban más los que ya no estaban. No paraba de pensar en la muerte. En esas líneas escritas en mi ordenador y casi olvidadas, mencionaba a mi amigo Carmelo. Su pérdida me impactó casi tanto como lo haría tiempo después el fallecimiento de mamá.

Cerré los ojos, incliné el asiento y disfruté recordándole. Carmelo tenía cuarenta y seis años, era simpático, amable y buena gente. Un niño generoso en un cuerpo de adulto. Un tipo formidable. Siempre impecablemente vestido, con un pañuelo en la solapa que solo le podía quedar bien a él y desprendiendo olor a jazmín. El mejor compañero de baile y de risas. Me encantaba pasar largas horas charlando juntos por teléfono, compartiendo confidencias y escuchando sus consejos. Me ayudaba a reflexionar y a controlar mis estados de ánimo. Además, era guapísimo. Tengo que reconocer que hubo momentos en que me sentí atraída por él, aunque nunca hubo nada más que una fantástica amistad porque le gustaban demasiado los hombres.

Recordé también cómo me apoyó tras la separación de mi marido. Ahí estuvo, a mi lado, ayudándome en aquella mudanza tan dolorosa, cuando dejé la casa que durante años fue mi hogar. Todo resultó aún más complicado por la premura de la partida. A pesar de que seguíamos queriéndonos, la nuestra era una historia de amor sin futuro ni pasión y decidimos que lo mejor era cortar por lo sano. No sé por qué los cambios en mi vida siempre han sido así, bruscos y repentinos. Al menos, eso me ha ayudado a estar preparada para los que seguro vendrán.

Mi antiguo hogar era inmensamente grande. Había acumulado tantas cosas que no cabían en mi nueva casa. No soporto el desorden, de manera que verme en un lugar todavía extraño con mis pertenencias sin ubicar hizo todo aún más duro. Estuve bastante tiempo viviendo entre cajas cerradas. Temía abrirlas porque sabía que su contenido era altamente peligroso para mi corazón: cartas de amor, fotografías familiares, recuerdos de mi boda... Sufrí mucho, pero tenía a Carmelo.

Y también a él lo perdí. Ocurrió poco después de que yo saliera del hospital. Se cansó de todo y prefirió irse. Supuso un golpe anímico terrible para mí. En aquel vuelo, me di cuenta de que realmente fue tras su muerte cuando empecé a replantearme mi vida. O quizá no tanto la mía, sino la que yo había dado a otros.

Ay, Carmelo, cómo te quiero y cuánto echo de menos tus risas, tus consejos, tu cariño y esa ironía inteligente que muy poca gente tiene. No te me vas de la cabeza. ¿Por qué me dejaste?

De aquella etapa recuerdo sobre todo las noches en soledad, encerrada en la nueva casa intentando poco a poco hacerla mía. No quería ver a nadie. Los lutos interiores se viven mejor en silencio. De aquel proceso saqué una importante lección vital: saber sanarse sola es sinónimo de fortaleza y aunque siempre es bueno contar con ayuda de los demás, en última instancia tenemos que aprender a valernos por nosotros mismos. La auténtica verdad es que casi todo el mundo vela por sus intereses. Ante la duda, frente a los miedos, el yo siempre prima sobre el nosotros. Hay muy pocos Carmelos en el mundo. Yo tenía uno y lo perdí.

Mi obsesión por el orden al fin se impuso y me sirvió de válvula de escape. Durante esos días de desesperación, estuve vaciando cajas, colgando cuadros que había dejado apoyados en cualquier pared, arreglando el manillar roto de la ventana, repintando una pared descascarillada, colocando y recolocando muebles hasta encontrar su lugar ideal... Quería recuperar el control buscando la armonía que siempre he necesitado en mi entorno físico y me aferré a lo que mejor sé hacer: crear objetos y espacios a los que amar.

Para mí es un lujo ser capaz de traducir los pensamientos en escenarios confortables y bellos, aunque no me resulte fácil porque soy una persona exigente con la estética. Deformación profesional. Doy mil vueltas hasta elegir las piezas adecuadas, hasta combinar los elementos y los detalles que lograrán un equilibrio en el que confluyan el diseño y el arte. En definitiva, se trata de ponerle alma a las cosas para que transmitan algo de ti. Es un proceso que entiendo como una forma de libertad y de cultura.

En un principio, pensé crear en el nuevo hogar una atmósfera minimalista. Me gusta ese estilo cuando lo veo en otras casas, pero al final siempre me decido por cierto maximalismo. Me agrada mezclar elementos, diferentes textiles y, sobre todo, colores que transmitan positividad. Siempre hay que encontrar los que yo llamo «colores terapia». A través de ellos, la energía fluye. El mostaza, el gris, el rojo y la combinación del blanco y el negro son los que hacen que se active mi cerebro y que la sangre corra por mis venas.

Finalmente, logré construir mi burbuja, rodeada de cuadros que me dan buen rollo y de ventanales por los que entra la naturaleza verde. Mi casa da a un gran patio interior lleno de árboles. A veces parece que estuviese en mitad de un parque, aislada de todo, y, sin embargo, echo de menos un balcón a la calle en el que percibir la vida del barrio. Lo más importante es que ahora en mi casa me siento protegida y feliz, con la única compañía de dos esculturas de payasos y un minotauro. El monstruo mitológico, con cuerpo de hombre y cabeza de toro, me ha acompañado en varias de mis mudanzas. Quizá debería reflexionar si esa vinculación tan especial tiene algo que ver con la relación tan especial que mantengo con los hombres de mi vida. Tendré que hablarlo con Tiby, mi astróloga y *coach* de cabecera.

Todos esos recuerdos y sensaciones llegaban a oleadas mientras reposaba con los ojos cerrados en el asiento 3A del avión que me llevaba a Madrid, con el ordenador portátil sobre la mesa plegable. Y aunque intenté evitarlo, volví a sentir una tristeza tremenda por no poder decirle a Carmelo que ahora sí, que estaba dispuesta a escribir y que se sentiría orgulloso de mí.

Fue él quien me animó a emprender este libro. Me convenció con facilidad. Nos reuníamos a menudo para darle estructura. Le encantaba cuando dejándome arrastrar por mi entusiasmo inicial, planteaba situaciones, reproducía recuerdos emotivos y amargos, y adornaba historias con anécdotas divertidas. Luego se reía de mí cuando le decía que no me llegaba suficiente inspiración y él insistía en que perseverara. «Las personas creativas crean —me decía—. No te preocupes, sabrás hacerlo».

Lo intenté. Había días en los que era imposible que me saliera una frase completa y otros, pocos, en los que las ideas fluían. La separación me dejó sin fuerzas y la muerte de Carmelo, sin voluntad para continuar. Abandoné mi historia, apenas iniciada, en el mismo cajón donde aguardaban su oportunidad tantas otras ideas y proyectos. Hasta que en ese avión, sobre un Atlántico brillante e inmenso, la recuperaba para completar mi transformación.

9

Me incorporé en el asiento del avión y comencé a modificar aquel primer relato. Escribía sin filtro esta mezcla de diario y bloc de notas que acabaría convirtiéndose en un libro. De repente, salía a borbotones todo aquello que tenía guardado.

Tomé un sorbo de vino e hice memoria para dar mejor forma a mi primera anotación en «La estilista». Se refería a cuando con diecinueve años me fui a París para hacer mis primeras prácticas en la moda. Aunque no sé si se las podía llamar prácticas ya que por aquel entonces la función de aprendiz de estilista consistía en ser una *todera,* o lo que es lo mismo, una chica para todo.

Laure y Claire, las amigas de mi padre, fueron quienes me dieron la oportunidad de trabajar para Rebeca, una de las estilistas más respetadas de la ciudad, relacionada con todos los diseñadores y las grandes firmas. Adoraba a esa mujer. Era brillante, sofisticada, elegante y una auténtica cabrona conmigo. Su prepotencia al dirigirse a mí me dejaba la autoestima por los suelos y, aun así, la admiraba tanto que el día que me dedicaba una sonrisa, me hacía feliz. Alguna vez me dijo que tenía potencial, que apuntaba maneras. Realmente llegué a pensar que me tenía afecto y que creía en mí.

Durante los seis primeros meses trabajando para ella, casi no salí de la cocina del enorme piso en el que tenía su oficina. Ni siquiera se me permitía entrar en su despacho. Sus órdenes me llegaban a través de su secretaria. Mientras todo el equipo se volcaba en proyectos relacionados con las *maisons* y las revistas de moda, yo me dedicaba a tareas como la limpieza de un juego de té tremendamente cursi, de porcelana fina, pintado a mano y adquirido en un anticuario del Mercado de las Pulgas.

En el tiempo que estuve con ella, no dejé de ser su recadera, la que recogía la copas de champán en las que bebían otros, la que limpiaba y ordenaba los trajes. Al final, le resulté imprescindible.

Llevaba once meses a su lado cuando la gran Rebeca acudió a la entrega de los Style Awards, que concedía la revista *Elle*, para recibir el premio a mejor estilista del año. La ceremonia se celebró en una espectacular propiedad junto al Sena y frente a la torre Eiffel. En el estrado, con el premio en la mano, fue nombrando, uno por uno, a todos los que trabajaban con ella para agradecerles su colaboración. A mí no me mencionó.

Me dolió en el orgullo. Ya era suficiente. No aguantaba más ser la sirvienta de una diva que me pagaba 350 euros al mes por recoger la basura que dejaba después de sus noches de fiesta. Me di cuenta de que había llegado a París siendo una niña bien con ganas de comerme el mundo y había terminado permitiendo que me comieran viva. Pero yo aspiraba a mucho más que eso. Estaba decidida a volar sola. Rebeca ya olía a naftalina y yo quería oler a rosas.

Vestida con un traje de Lanvin negro que mi jefa me había prestado y unos zapatos *nude* de Jimmy Choo a juego con un *clutch* del mismo color, me fui de la entrega de premios sin despedirme. Bajé las escaleras de mármol del edificio cabreada pero también confiada en que empezaba un futuro prometedor para mí.

Cuando llegué al último peldaño, di un sorbo a la copa de champán que todavía sostenía en la mano. Tuve la tentación de estrellarla. Respiré hondo y la dejé en el suelo para que esta vez fuera otra la que la recogiera.

El chófer de Rebeca aguardaba junto al coche impecablemente vestido con un traje negro. Al verme, pensó que me iba a subir y me abrió la puerta. Le di un beso en la mejilla, me quité los zapatos y los dejé en el asiento del copiloto sobre el último número de la revista *Elle,* donde anunciaban el premio de Rebeca.

—Óscar, ha sido un placer conocerte. Me voy. Aquí dejo los zapatos. El resto me lo quedo porque una rubia desnuda por París llamaría demasiado la atención. El *clutch* también me lo llevo para tener un sitio en el que guardar el teléfono. Ha empezado a llover y necesito que no se moje porque mañana empezaré a hacer llamadas para encontrar otro trabajo. Dile a Rebeca que la quiero, pero que ya no la soporto más.

Me deseó suerte y me regaló una sonrisa.

Cuando llegué a mi estudio, mi confianza desapareció. Estuve tres días con sus respectivas noches llorando sin saber qué iba a ser de mí. Rebeca ni me llamó. La verdad, esperaba que lo hiciera. Fue la última decepción.

Luego supe que ni se enteró de que en un arrebato me había largado de la fiesta. Era un viernes y la semana siguiente Rebeca la tomó de vacaciones. Después de su coronación como la estilista elegida por los dioses, se fue a degustar champán y a tirarse a Dominic, el marido de su mejor amiga, en el hotel Le Royal Champagne, un antiguo palacete rodeado de viñedos en el que solía parar Napoleón de camino a Reims.

Al llegar por fin el siguiente lunes a su oficina, se dio cuenta de que el correo se había acumulado y algunos vestidos que debían haber sido devueltos a las firmas continuaban en las perchas. Entonces, se acordó de mí y me llamó.

—Frida. ¿Dónde estás? ¿Qué pasa contigo?

—Lo he dejado. Necesito nuevos retos. Te agradezco mucho lo que has hecho por mí.

—Pero…

—Ya devolví el vestido y el *clutch* que me prestaste. Te deseo lo mejor.

Y colgué sintiéndome muy bien.

La respuesta de Rebeca fue enviar una carta a todas las casas y revistas de moda advirtiéndoles de que yo no cumplía con mi trabajo y que sería un error contratarme. Qué hija de puta era. Durante semanas, cada vez que me presentaba a un puesto de ayudante de estilismo, era rechazada sin tan siquiera hacerme una entrevista de trabajo.

Todo en la vida exige un plan B y yo ideé el mío. Inventé una identidad falsa para sortear el veto de Rebeca. Conservé la F de mi nombre como seña personal y añadí el apellido Klein por mi admiración hacía el artista que inventó un tono de azul que a mí me encantaba. Quizá alguien me reconociera al verme, pero era poco probable. Nunca había salido de la cocina.

De modo que una tal F. Klein comenzó a pedir trabajo en las agencias de moda, hasta que logré una oportunidad en una de las más importantes de París como asistente de la directora, Fosca. Mi nueva jefa era el prototipo de mujer hecha a sí misma. Nadie le había regalado nada.

El año anterior había conseguido un gran reconocimiento profesional por su labor como directora de vestuario de una de las películas más taquilleras de la temporada. Deslumbró con su combinación de estilismos aparentemente imposibles. De la noche a la mañana, ese trabajo la catapultó a la elite de la industria francesa, pero no permitió que el éxito la cambiara. A sus casi cincuenta años, estaba de vuelta de todo.

Desde la primera conversación, me pareció simpática, amable y abierta. Enseguida hicimos buenas migas. Me sentía feliz por haber encontrado al fin un lugar en el que aprender y a una persona que de verdad respetaba y apreciaba mi trabajo.

Fosca tenía una niña de diez años y acababa de divorciarse. Después de meses trabajando juntas, un día, tomando café, empezó a contarme su historia personal.

—Mi marido me dejó por una de mis mejores amigas. Tal vez te suene porque es bastante conocida en el sector. Se llama Rebeca.

Me saltaron todas las alarmas. Di un sorbo al café para disimular mi sorpresa y continué escuchando.

—Como suele pasar, fui la última en enterarme de que llevaban liados hacía tiempo. Encima, en el acuerdo de divorcio pactamos que él seguiría siendo propietario de la mitad de mi empresa. Menos mal que me deja hacer sin interferir. En el fondo es un pringado. Nunca ha sabido ni atarse los zapatos solo. Y mírale ahora, socio de mi negocio y beneficiándose de la agencia de Rebeca, una de las fuertes del sector. Pero bueno, mantenemos un trato respetuoso, sobre todo por nuestra hija. A la que no puedo ni ver es a Rebeca.

Di otro sorbo de café.

—¿Cómo se llama tu ex? —pregunté.

—Dominic. ¿Por qué?

¡Mierda! No lo podía creer. El amante al que se tiraba la puta de Rebeca cuando yo estaba con ella era ese Dominic, el marido de Fosca. Me sentí muy mal. Llevaba tiempo deseando revelarle mi verdadero nombre y explicarle por qué le había mentido sobre mi identidad, pero no lo había hecho por temor a su reacción. Y ahora… No sabía qué hacer y decidí seguir callando.

Pero una mala casualidad me colocó en una situación insostenible. Una mañana, al llegar al trabajo, Fosca me pidió como favor que al final del día fuera a casa de Dominic para llevarle unos papeles de la empresa que precisaban su firma. Tenía pensado ir ella para resolver además unos asuntos sobre su hija, pero le había surgido un viaje imprevisto y cogería un avión esa misma tarde. Me quedé sin respiración. Probablemente, Rebeca también estaría allí.

—Fosca… Si no te importa, prefiero no involucrarme en temas personales. Me resulta desagradable —le contesté.

Se quedó perpleja. No comprendió mi reacción, pero aceptó la excusa. Pasó el mal trago, pero en ese momento comprendí que tarde o temprano descubriría mi identidad y, lo que es peor, Rebeca también se enteraría. Me convertiría en un arma arrojadiza entre las dos mujeres. No podía continuar en esa situación.

Una vez más opté por la huida. Fue muy difícil tomar esa decisión. Me encantaba mi trabajo, no podía soñar con una jefa mejor y precisamente por eso, debía protegerla. Un par de días después, presenté mi renuncia. Aduje que me marchaba a Estados Unidos para completar mis estudios. Realmente, era eso lo que pensaba hacer con el dinero que había podido ahorrar en París mientras estuve con Fosca. Le aseguré que para mí ella siempre sería un ejemplo de excelente profesional y buena persona. Y nos despedimos con un abrazo. Sé que la decepcioné. Todavía muchas veces pienso en ella. Tal vez algún día la llame y le cuenta la verdad.

Ese tiempo en París me enseñó muchas cosas. También que algunos privilegios tienen un coste muy alto. Conocí a muchas mujeres de pasarela, de belleza imposible y cuerpos de revista. Algunas cayeron en la anorexia y la bulimia. Yo también estuve cerca de sufrir esos trastornos. Reconozco que en alguna ocasión me metí los dedos para vomitar y llegué a pasar hasta tres días sin comer. Afortunadamente, entendí el peligro que corría. Nada es más importante que la salud. Otras chicas, sin embargo, fueron víctimas de la presión por dar la talla.

Un día entré en el baño de un atelier y me encontré a una de esas niñas preciosas con la cabeza metida en el váter provocándose el vómito. Esa imagen me impactó. No podía entender que un ser tan bello se estuviera haciendo tanto daño. Enseguida la reconocí. Era una de las *top models* más importantes e influyentes del mundo. Toda editorial de alto nivel deseaba tenerla en sus portadas y los diseñadores más poderosos pugnaban por contar con ella en sus presentaciones. Acababa de abrir dos de los desfiles más importantes de la alta costura parisina. Estaba en la cumbre de su carrera.

Se dio cuenta de mi presencia y con un gesto le hice entender que su secreto estaría a salvo conmigo. Sin embargo, luego lo lamenté. Durante días me martiricé por haber dejado que se maltratara sin decir nada, sin intentar comprenderla y ayudarla. Me sentía tan mal que estuve a punto de contárselo al director de su agencia de modelos.

Si desistí fue porque unas semanas más tarde, mientras paseaba por los alrededores del Louvre, me la encontré cuando salía de Le Café Marly. Iba vestida con un pantalón pitillo de cuero, zapatillas New Balance negras y un amplio jersey de cuello alto del mismo color sobre el que lucía una capa estilo mantón color *camel* con sus iniciales bordadas. La cola de caballo en que tenía recogido el pelo daba al conjunto un aire juvenil, casi angelical. Estaba guapísima. Deslumbrante y natural. Quise pensar que tal vez la situación incómoda que vivimos las dos en aquel baño la hizo reflexionar y darse cuenta de que lo que le estaba haciendo a su cuerpo era una barbaridad.

Apenas una semana después de aquel encuentro callejero, salí temprano de casa para, antes del trabajo, darme un capricho y desayunar en la pastelería Ladurée, en los Campos Elíseos. De camino, vi en un kiosco de prensa que el diario *Le Figaro* llevaba su foto en la portada. Estaba tan preciosa como siempre, parecía una muñeca. No alcancé a leer el título, pero la noticia sobresalía sobre las demás. Me hacía ilusión saber lo que decían de ella, así que compré el periódico y me senté en una de las mesas de Ladurée. Pedí un *pain au chocolat* y un capuchino. Leí el título. Volví a hacerlo dos, tres veces. Me negaba a creerlo. Había muerto la noche anterior en un hotel de París debido a lo que parecía una mezcla de pastillas y alcohol.

Me quedé destrozada. Nunca me he sentido tan culpable. Había puesto excusas para callar cuando debería haber hablado. Durante años mantuve mi silencio sobre lo ocurrido, quizá por vergüenza. No me atreví a hablar de ello con nadie hasta que, nunca sabré por qué, le conté la historia a Carmelo durante la última conversación telefónica que tuve con él. Recuerdo que yo estaba sentada en mi sofá verde de terciopelo, las velas aromáticas encendidas sobre el juego de mesas negro. Tenía el móvil con el manos libres conectado apoyado sobre una caja de Hermés y estaba vestida con una camiseta gris y un pantalón holgado. Es curioso que me acuerde de esos detalles... Me sinceré y él, como siempre, me supo escuchar.

Hablamos de lo frágiles que podemos llegar a ser; de cómo muchas veces vivimos demasiado pendientes de la opinión que los demás tienen de nosotros; de que hay que saber apartarse a tiempo de los ambientes tóxicos para no desmoronarnos. Hablé de tantas cosas esa noche con Carmelo y recordamos tantos momentos de nuestras vidas que nos dieron las cinco de la mañana pegados aún al teléfono.

Me había terminado una botella de Marqués de Murrieta y dos botes de aceitunas. Tenía los labios negros del vino y una ligera borrachera. Estaba agotada, pero contenta. Es maravilloso poder sincerarte completamente con alguien que sabes que te quiere sin egoísmos ni prejuicios. Yo tenía a ese alguien en él y él, en mí. Por eso, también Carmelo me lo contaba todo. Esa noche me confesó que a pesar de los muchos golpes y decepciones que había sufrido, estaba satisfecho con su vida, pero que ya no tenía fuerzas para seguir luchando si algo se volvía a torcer.

Su trabajo como *freelance* en la moda estaba en la cuerda floja desde hacía meses. La crisis económica le había pasado una dura factura y temía no ser capaz de remontar. Apenas había ahorrado dinero. Vivía al día. Sus esperanzas estaban puestas en un proyecto al que se había dedicado durante el último año y que podría ser su salvación. Precisamente, al día siguiente le comunicarían si salía adelante.

Nos despedidos poco antes del amanecer con un «te quiero» y un «hasta mañana». Fue la última vez que escuché su voz.

No supe de él al día siguiente. Imaginé que todavía no le habían llamado para darle una respuesta sobre su proyecto y, además, estaría recuperándose como yo de la resaca que nos dejó la noche. Pero cuando pasaron tres días sin noticias suyas, empecé a preocuparme. Le llamaba y le envía mensajes que no contestaba y eso era muy extraño en él. Sabía perfectamente que algo estaba ocurriendo. Tenía que localizarle.

Me presenté en su casa, un pequeño estudio en el barrio madrileño de Chamberí. Llamé al timbre y nadie contestó. Pregunté a los vecinos si lo habían visto en los últimos días. Ninguno se lo había encontrado. Tampoco nadie tenía una copia de la llave de casa para entrar y comprobar si le había pasado algo. Estaba realmente asustada. Decidí llamar a la policía. Les facilité la dirección y acudieron con los bomberos.

Echaron la puerta abajo. Carmelo estaba tendido sobre un charco de sangre que había manado de una brecha en la frente. Sobre la mesa de la cocina había dos botes vacíos de sedantes, una botella de ginebra y una carta con mi nombre y mis datos personales. La conclusión de la policía fue que al perder la conciencia por la sobredosis, se cayó y se golpeó la cabeza.

Doy gracias cada día porque en su momento de locura (o quizá de lucidez, quién sabe), Carmelo se tomara el tiempo de escribirme esa carta de despedida. Mamá se fue sin decirme todo lo que sentía y cuando intentó hacerlo estando ya en la UCI entubada, su letra era imposible de descifrar. Sufrí mucho por eso. Irse en silencio hace que la desolación sea mayor. Por eso, aunque me provocó un dolor infinito que tomara la decisión de marcharse, le agradezco desde lo más profundo ese adiós lleno de amor que me regaló.

Guardo la carta en mi mesilla de noche y encima de ella tengo el rosario que me regaló mi abuela. «Frida, más vale una retirada a tiempo —me decía en ella—. Lo mejor es irse cuando todavía estás brillando. Como escribió Jon Franklin, la simplicidad llevada al extremo se convierte en elegancia. Te quiero».

Tal y como él deseaba, no hubo ni tanatorio ni funeral ni lágrimas sobre su tumba. Solo lloré después, cuando me quedé sola en casa. Me sentía completamente vacía. Por un momento, le culpé por haber sido egoísta, por no haber intentado apoyarse en mí para superar su depresión. Luego me culpé a mí por pensar algo así y también por no haberme dado cuenta de lo mucho que sufría. Había decidido que no merecía la pena seguir viviendo y yo, como su mejor amiga, solo podía respetarlo, aunque me dejara una herida incurable en el alma. Siempre hay que estar preparados para decir adiós.

Una parte de mí le entendía. También yo he sufrido crisis profundas y me he sentido espantosamente vulnerable en algunos periodos de mi vida. He pasado noches enteras sin dormir esperando un mensaje de cariño que me tranquilizara; días de sofá viendo series a las que ni siquiera prestaba atención para aliviar penas que me oprimían el pecho hasta no dejarme respirar. Carmelo decía que la vida te da y te quita. A él le quitó más de lo que le dio. Yo a veces he dudado de que me haya compensado lo suficiente por lo que me ha hecho pasar. Afortunadamente, ahora estoy convencida de que sí lo ha hecho.

Me considero una mujer fuerte y, a la vez, tremendamente sensible. Quizá he llegado a angustiarme demasiado por cuestiones de trabajo. Me preocupa la estabilidad económica. Pero al final, lo que casi siempre determina nuestro ánimo es la calidad de nuestras relaciones.

En el amor siempre me he sentido en un extraño equilibrio entre mi necesidad de libertad y el deseo de ser feliz con un hombre a mi lado. Pero qué difícil es encontrar al adecuado... Soy demasiado exigente para aceptar a cualquiera. No puedo entender el conformismo de algunas mujeres. Bastante tenemos que soportar en la vida como para compartirla con alguien al que no quieres o que no te quiere. Por ahí sí que no paso.

Como todas, yo también tengo mi perfil de hombre ideal: atrevido, versátil, ilustrado, divertido, cosmopolita y generoso. No me gustan los mediocres ni tampoco los que se pasan de listillos. Pero lo que más admiro en una pareja es la honestidad.

Desde que me separé he vivido muchas historias. Algunas terminaron bien y otras acabaron, sin más. Solo una terminó mal. Se llamaba Luis y casi me caso con él. Descubrí a tiempo que era un drogadicto bipolar y un estafador compulsivo. Quiero pensar que en el fondo era un buen tipo, que me quería, y que las drogas y el mundo oscuro en el que se movía acabaron por perturbarle. De hecho, nuestra relación no estuvo nada mal mientras duró. Estaba tan loco por mí que un día alquiló un avión privado para que yo volara desde Marbella hasta Palma de Mallorca porque no había billetes en las líneas regulares.

Luego, empezaron los desencuentros. Descubrí sus vicios y las primeras mentiras sobre algunos aspectos de su vida, así que opté por dar un paso atrás. Una noche me amenazó con matarse si no le perdonaba. Cogió un cuchillo y se lo puso en el cuello. Entonces me di cuenta de que no estaba bien. Me confesó que era bipolar. Eso me conmovió. Realmente, parecía que me quería muchísimo. Le dije que necesitaba un tiempo para pensar.

A la semana siguiente, se presentó con un ramo de flores gigante y un anillo. Me pidió matrimonio en la madrileña plaza de Santa Ana. Ahora lo recuerde con asco, pero tengo que confesar que en ese momento estaba profundamente enamorada. Le dije que sí. Emocionada, llamé a algunos amigos para decirles que nos habíamos comprometido.

A los tres días, a raíz de unas fotos que le sacaron por casualidad, me enteré de que salía con otra mujer, que estaba envuelto en asuntos muy turbios y, lo peor, que en el sexo era pura fachada porque le iban tanto las mujeres como los hombres. Lloré lo que no está escrito.

Me siguió mandando mensajes que me hicieron pensar que había perdido la cabeza. Algunos daban miedo. Los guardo todos en un archivo de memoria por si un día necesito que alguien sepa cómo es ese individuo de verdad. Está tan loco que tarde o temprano saldrán a la luz las dos o tres vidas paralelas que lleva y más vale estar preparada. Lo último que supe de él es que entró en una clínica de desintoxicación.

Las traiciones siempre son difíciles de asumir y de perdonar. Después de lo que pasé con Luis y con mi querida Grace, o Mari Puri, me cuesta mucho confiar en las personas. Por eso empaticé tanto con mi amiga Irene cuando tuvo que soportar la deslealtad de su marido.

Irene es una alta directiva. Viaja constantemente por todo el mundo. Su trabajo es fascinante y ella es una mujer poderosa, con un don de gentes que le hace ser siempre el centro de atención en cualquier reunión social o profesional. Guapa, atractiva, muy seductora, con la manicura y pedicura siempre recién hechas, corte de pelo a la última y un vestidor repleto de grandes creadores. Se mata en el gimnasio y es una clienta habitual de los centros de belleza. Tiene la tez de una chica de treinta años, a pesar de que hace tiempo que dejó atrás los cuarenta.

Pensaba que su matrimonio era perfecto porque sus viajes de trabajo les permitían disfrutar de espacio y tiempo para ellos mismos. Muchas veces me dijo que la distancia es el mejor aliado del amor.

Un día, cogió el iPhone de su marido pensando que era el suyo. Él había olvidado bloquearlo y al abrir el WhatsApp se encontró con un vídeo de una mujer desnuda que mirando sensualmente a la cámara decía: «Espero que esto termine pronto. Te quiero en mi cama, solo para mí. Tenemos que celebrar nuestro primer aniversario».

Era guapa, pero no guapísima. Su cuerpo era carnoso, tirando a regordete. Tenía un *piercing* en el ombligo y, por lo que pudo divisar, estaba completamente rasurada. Su sonrisa era amable, incluso simpática.

No la conocía. Luego averiguó que trabajaba con su marido y que, en efecto, llevaban un año viéndose. Lo único que tenía en común con Irene era la edad. La chica parecía de lo más normal. Vivía en el barrio de La Latina y no tenía gustos exquisitos. Seguramente no sabía diferenciar un buen vino o un buen champán de cualquier caldo cosechero. Tampoco tendría idea de preparar un aperitivo o un *gin tonic*. Pero todo eso a él le daba igual porque le preparaba cocido, le hacía masajes en los pies y en la espalda tumbados en el sofá, y siempre era cariñosa. Esa era la perfección que él deseaba, no el universo glamuroso de Irene.

Cuando el engaño trascendió, él le pidió el divorcio y se fue a vivir con su amante. A mi amiga se le hundió el mundo, no solo por sentirse traicionada, sino porque no entendió que su marido prefiriera a una chica de barrio en vez de a ella. Le costó más de un año reparar su autoestima. Hoy está felizmente casada, los fantasmas han desaparecido y estoy segura de que ahora es muy consciente de que nunca hay que dar nada por sentado en las relaciones humanas.

10

Escuché al comandante del avión anunciar que ya volábamos sobre territorio español. Eso me hizo volver a la realidad. Llevaba horas escribiendo en mi portátil, ajena a todo. Abusos, suicidios, engaños, traiciones… Decidí que por el momento ya había revivido suficientes dramas. Me levanté de mi asiento, me volví, miré a Marco y le dije:

—Gracias.

—¿Por qué?

—Por aparecer y servirme una copa de vino.

—Y algo más…

—Y algo más… Ya casi llegamos a Madrid.

Entonces se incorporó, me agarró la mano, acercó su boca a mi oído y me dijo bajito:

—Frida, si piensas que esto se va a quedar aquí, estás muy equivocada. Conozco un montón de baños maravillosos en Madrid. Y si prefieres estar más cómoda, dispongo de una cama estupenda donde me gustaría despertarme contigo.

—Prefiero la cama —le respondí riendo.

Los dos nos volvimos a sentar. Pedí otra copa de vino a la azafata y brindé por la vida.

Una hora después aterrizábamos en Madrid y yo seguía con la sonrisa puesta. Marco me ayudó a bajar la maleta de mano y juntos nos dirigimos a pasar el control de seguridad. En el tren que conecta la terminal 4S con la terminal cuatro, volvió a cogerme de la mano sin decir nada. Seguía anonadada. ¿De verdad me estaba pasando algo así?

Mientras esperábamos las maletas, me dio un papel con su número de teléfono. Yo le pasé el mío. Nos encaminamos juntos hacia la salida de la terminal y antes de cruzar la puerta que daba a la sala de espera, se llevó el dedo a los labios pidiéndome silencio. No entendía lo que quería decir. ¿Silencio? En ese momento, se apartó de mí.

—¡Papá, papá! Estamos aquí.

Me giré hacia la voz infantil que gritaba. Una niña rubita de unos cuatro años saludaba con la mano a Marco. A su lado, una mujer sujetaba un carrito con un bebé. Era bastante guapa. Vestía unos pantalones pitillo y botas altas, sombrero beis y un abrigo *camel*. De su hombro colgaba un bolso de Chanel. Se fundió en un abrazo con Marco que culminó con un beso en la boca.

—¡Será hijo de puta!

Lo dije en alto, aunque no sé si ellos me oyeron. Le miré con desprecio, agarré el papel donde me había escrito su teléfono, hice una bola con él y lo tiré a la basura.

¿Cómo es posible que me hubiera dejado embaucar por un cabrón así? ¿Cómo pude comparar a este mamón con Ju, Lou o con Flopi? Sí, un cabrón en toda regla y un mamón en mayúsculas. En otro momento me hubiera afectado mucho más, pero mientras cogía el taxi para ir a casa, lo único que pensé fue: otro muerto para la tumba. No le quise dedicar ni un minuto más.

La sensación al entrar en mi hogar fue maravillosa. Necesitaba sentirme en mi espacio con mis cosas. Lo primero que hice fue encender un palo de incienso. El olor a esperanza, así me parecía, se extendió enseguida por las estancias. Me preparé un café y lo saboreé con placer. Era una mujer afortunada por todo lo que había vivido y, especialmente, por todo lo que me quedaba por hacer. Estaba fuerte, serena y expectante. Y en cuanto superara el *jet lag*, volvería con mi libro.

Abrí el grifo de la bañera. Comprobé la temperatura del agua y eché sal gorda. Un remedio infalible que utilizo desde hace años para liberar el estrés, eliminar toxinas y limpiarme de las malas energías y las envidias. Me desnudé poco a poco frente al espejo. Tenía el cuerpo lleno de pecas y la barriga hinchada por el viaje y por la tensión de la escenita en el aeropuerto. Sin embargo, continuaba sonriendo. «Vamos, Frida. ¡Tú puedes!», dije a la imagen que veía reflejada, y me sumergí poco a poco en el agua.

Sentí el sabor de la sal en mis labios y me relajé tanto que llegué al éxtasis. Me corrí sin necesidad de tener a ningún hombre dentro de mí. Me corrí de placer al sentirme a solas conmigo misma. Tal vez esa fuera la sensación más intensa y verdadera, la que produce no depender de nadie ni de nada. No tenerle miedo al presente y afrontar con fuerza el futuro.

Tenía mucho trabajo por delante con la exposición de Nueva York y otros proyectos que habían empezado a gestarse. Los fantasmas con los que estaba aprendiendo a convivir los relegaría al relato que estaba tomando forma en mi ordenador.

Durante un mes prácticamente desaparecí del mundo, del real y del virtual. Solo mi familia sabía que había vuelto a casa. Me encerré a crear, a buscar y a analizar perfiles de *instagramers* que comentaría con Lou.

Tenía tres nuevas candidatas. La primera: Mariela. Trescientos mil seguidores. Especialista en crear fotografías maravillosas de comida, auténticas obras de arte. Elegantes, diferentes y con un colorido que las hacía de lo más apetecibles. Una bacanal de *sex food*. Me costó conseguir una imagen de ella. Llegué a pensar que buscaba el anonimato, hasta que di con una pista de su identidad a través de uno de sus seguidores. Cuando vi su foto, no me lo podía creer. Alguien con un gusto tan exquisito era una chica de Rochester, en el estado de Nueva York, de veintitantos años, gordita, con las cejas espesas y el pelo como una escarola. Sus padres tenían un restaurante y ella se crio entre fogones. Su madre era una experta cocinera, pero Mariela no sabía ni freír un huevo. No era buena estudiante ni tenía futuro en el negocio familiar, de modo que se le ocurrió convertirse en una experta estilista de composiciones gastronómicas.

Segunda candidata: Constanza Malichetti, argentina afincada en España de poco más de treinta años. La conocí personalmente antes que por su Instagram. Tenía que hacer unas gestiones con las cuentas de mamá y ella me atendió en el banco. Era amable, su sonrisa llamaba la atención y por su *look* se notaba que le gustaba la moda. Representaba a la perfección el protocolo de un vestuario de trabajo: *blazer* negro y pantalón de pinzas del mismo color. *Stilettos midi,* camisa blanca, pendientes dorados con combinación en negro. Manicura francesa, pulsera de brillantes y reloj con un toque masculino. Iba ligeramente maquillada, aunque destacaba el rojo de sus labios carnosos. Tenía un aire afrancesado. Su estilo me recordó al mío.

Hubo química y comenzamos a hablar. Le conté que me dedicada al mundo de la moda, el estilismo y la comunicación. Inmediatamente le cambió la cara, incluso se puso más guapa. Me enseñó su perfil de Instagram y me explicó cómo en cuestión de dos meses había pasado de apenas quinientos seguidores a quince mil gracias a sus propuestas de *look* basadas en prendas de Zara, Mango y Sfera. Un *low cost* pensado y natural que un fotógrafo supo captar y la llevó a la sección *Street Style* de *Hola.com*. A partir de ahí, cada vez que publicaba en su Instagram, lograba un montón de comentarios, lo que además alimentaba su sueño de cambiar el banco por la moda.

Quedamos para tomar café y me contó más sobre su vida. Se graduó en Administración de Empresa con buena nota, pero no tardó mucho en descubrir que le aburría. Aun así, continuó con los planes que había hecho mientras estudiaba. Gracias a su buen currículo y a un cultivado don de gentes, consiguió trabajo en el banco, en un puesto de cierta responsabilidad teniendo en cuenta que era una recién licenciada. Debería haberse sentido satisfecha y, sin embargo, cada vez estaba más deprimida.

Unas cuantas sesiones con su psicóloga le ayudaron a entender el origen de su tristeza: su mundo era otro. Comenzó a analizarse. Se dio cuenta de que su afición por los desfiles de moda, por estudiar las tendencias y crear estilismos le producía una emoción que su trabajo nunca le proporcionaría. Y comenzó a expresar su verdadero yo a través de las redes sociales. No pretendía ser una *influencer* del lujo, sino realizar propuestas atractivas y accesibles para todo el mundo. Y así comenzaron a crecer sus seguidores.

Claramente, Constanza me parecía un perfil adecuado para la exposición. Además, no era muy guapa pero sí atractiva, con una melena rubia y unos ojos claros que enganchaban. Y un cuerpo perfecto que sabía cómo mostrar.

Mandé a Lou el *composite*, una selección de sus fotos con los datos personales. Le encantó. Encajaba a la perfección en el proceso de transformación digital que pretendíamos mostrar. En cuanto se lo propuse, Constanza se apunto al proyecto. Su historia comenzaría en un banco y con quinientos seguidores, y continuaría en los meses restantes hasta la exposición, cuando estábamos seguros que ya habría conseguido decenas de miles más. Y yo la ayudaría.

Tres meses después de nuestro primer encuentro, Constanza había dejado el banco y a su psicóloga. Cambió las pastillas por una sonrisa y los balances contables por los posados frente a las cámaras de los fotógrafos. Ese radical giro de su vida tuvo su culminación en la Mercedes Benz Fashion Week de Madrid. Por primera vez, iba a asistir personalmente como invitada a un gran acontecimiento de la moda y estaba de los nervios. Me contó después que las manos le sudaban y que cuando se bajó del coche oficial de la organización y vio el imponente edificio de Ifema, donde se celebran los desfiles, casi se desmaya.

El equipo de XXL Comunicación, encargado de la gestión de los invitados y la prensa, la estaba esperando pasado el control de seguridad. Una chica de su misma edad, vestida de negro y con un cártel con el nombre de Andrés Sardá, la firma que protagonizaría el primer desfile, le indicó el camino a la sala. De pronto, llegó un chico guapo, atractivo, muy simpático y con ese punto esnob propio del momento.

—Hola. Eres Constance, ¿no?

Tuvo la tentación de responderle que no, que era Constanza. A la española. Pero se contuvo. Le sonrió.

—Sí, soy yo. Encantada de conocerte.

—Lo mismo digo. Me llamo Alex y soy quien te ha invitado. Te voy a llevar al *backstage* para que conozcas a Nuria Sardá, la directora creativa. Puedes hacerte una foto con ella y luego ya comienzas tu directo de Instagram desde bastidores.

Ese desfile fue un éxito para Andrés Sardá, que se hizo con el premio L'Oréal a la mejor colección, y también para Constanza, porque la catapultó como *influencer*. Hizo un directo natural, divertido pero coherente. No intentó comentar los *looks*, ya que obviamente no tenía tablas para hacerlo. Tenía claro que su amor por la moda lo haría siempre visible desde el respeto por aquellos que llevan años en la profesión. Por eso, desde su asiento en la tercera fila, enfocó también a los periodistas y alabó su trabajo. No solo era creativa y tenía buen gusto. También era inteligente. Por eso le ha seguido yendo tan bien.

Y toca hablar de la tercera candidata en mi selección de *instagramers*: Blue Moon. La descubrí gracias a un *like* que dio a Constanza. Me llamó la atención porque reunía a más de doscientos mil seguidores. Bailaba, hacia deporte, posaba a las mil maravillas... Prototipo de chica perfecta de Instagram. Parecía guapa, pero también muy retocada. Tenía curiosidad por saber si era una belleza auténtica o producto de su mejor versión tuneada.

Le mandé un mensaje y le propuse conocernos. Quedamos un jueves a las nueve de la mañana en una terraza del barrio de Salamanca. Ella eligió el lugar, un café glamuroso que hacía juego con su imagen en redes. Eran las 9.30 y aún no había aparecido. Empecé a enfadarme por la falta de respeto que demostraba llegando tan tarde. Y de pronto me acordé de lo que pasó cuando quedé con Juliana en el salón de té Carette, en París. Tal vez estábamos en el mismo lugar y no nos reconocíamos.

Me paseé por la terraza observando a las mujeres. Había una chica sola, pero no se parecía a Blue Moon en nada. Por si acaso, opté por acercarme y preguntar.

—Hola. Perdona, ¿eres Blue Moon?

—¡Sí! —¿¡si!?—. Y tú eres Frida, ¿no?

—Perdona... Es que llevo un rato sentada ahí... No te reconocía.

—Ah... Habrá sido por las gafas de sol. Además, estoy de empalme —y se rio de una forma que me hizo pensar que no se le había pasado el efecto de lo que hubiera tomado esa noche de juerga.

Blue Moon en realidad se llamaba Dolores Navarro. Veintinueve años. Era de Móstoles. Tenía un dejo al hablar peculiar y un tic en un ojo. Pesaba unos diez kilos más que en las fotos. Sus dientes eran ligeramente amarillos y de la barbilla le sobresalía un pelo. Un mal tinte había cubierto su cabellera de un negro azabache brillante. Los *jeans* le marcaban el coño. En su camiseta, de baratillo, se distinguían algunas manchas y rotos. Era patética, un *fistro* en el más amplio sentido de la palabra. Pero me pareció aún más patético que esa niñata vendiera glamur y una vida sana cuando carecía por completo de estilo y sus ojos rojos y su figura decían que huía de lo saludable para disfrutar de todo tipo de excesos.

Procuré que el encuentro no durara demasiado, así que fui concisa y clara. Quería que estuviera en la exposición. Era perfecta para mostrar la verdad que a veces se esconde tras las redes y que los seguidores desconocen. Le propuse comparar sus fotos publicadas con las que le haría Lou, que reflejarían la más descarnada realidad. Pensé que jamás aceptaría, pero estuvo más que dispuesta. Era evidente que no se daba cuenta de cómo la veía yo. Imagino que había llegado a creer que el personaje de Blue Moon, falso y prefabricado, producto de la manipulación de los filtros, tenía algo que ver con la versión original.

Pero era innegable que se lo había montado muy bien. Cada inserción publicitaria en sus *posts* costaba entre 1.200 y 3.000 euros, dependiendo del espacio, de la marca o si lo publicaba como *stories* o en su muro principal. Me preguntaba cuánto podría mantener el negocio después de la exposición de Lou, en la que desaparecería Blue Moon para dejar paso solo a Dolores Navarro.

De alguna manera, me sentí mal por ello. Esa chica no entendía el riesgo que corría. Por otro lado, resultaba un experimento interesante. Hacer algún retoque en las fotos que nos hacemos es aceptable y lógico, pero moldear cuerpos y rostros hasta transformarlos por completo no me parece ético. Sin embargo, tenía curiosidad por averiguar si la mayoría de sus seguidores compartían mi opinión. Al descubrir a Dolores, ¿demostrarían inteligencia y madurez, y buscarían otra persona a la que seguir? Si no era así, si una vez desvelada la verdad Blue Moon continuaba acumulando *likes*, seguidores y dinero, sería la prueba de que la gente prefiere una bonita mentira antes que una vulgar realidad.

Es a la vez lo terrible y lo interesante de las redes sociales. Damos crédito e incluso admiramos a personas que no conocemos, pero que nos pueden aportar una mirada distinta, enriquecedora, a veces menos contaminada, especialmente en el mundo de la moda.

Hay tres virtudes imprescindibles para triunfar en las redes: la inmediatez, la frescura y la agilidad en la comunicación. Las tres proporcionan una visibilidad que puede convertir a cualquiera que las posea en competencia directa de los periodistas especializados. Ahora, afortunadamente, la crítica no queda reducida como antes a dos o tres columnas firmadas por respetados expertos. El balance de una propuesta de moda es la suma de muchas opiniones.

Recuerdo cuando hace años organicé un desfile en París. Se presentaba en sociedad el nuevo delfín de la moda, mimado por una gran casa de alta costura que pretendía coronarle en la capital del diseño. Invitamos a los periodistas internacionales más importantes y a dos estrellas cinematográficas. Les alojamos en el hotel Plaza Athénée, uno de los más selectos de la ciudad, la viva imagen de la sofisticación y la elegancia, atributos que la firma quería transmitir.

Todo el equipo de relaciones públicas de la *maison* esperamos a los invitados en el *lobby* del hotel. Los periodistas ni siquiera tuvieron que hacer el *check-in*. Se bajaron del coche e inmediatamente los botones recogieron las maletas y les acompañaron a sus habitaciones. Incluso, la conocida directora de una revista internacional de moda tuvo el privilegio de hospedarse en la exquisita *suite* Eiffel.

Cada detalle de su viaje estaba cuidado a la perfección. Tenían carta blanca para utilizar el *spa* de Dior, reserva para tomar champán en la distinguida Terrasse Montaigne; un té en el patio interior, donde el rojo y el verde de la decoración ofrecían una mezcla acogedora y energética; y copas en Le Bar, referente de la noche parisina, donde los cócteles, el diseño y las luces crean una atmósfera que invitó a algunos de ellos a besar y a tocar sin mucha discreción.

El desfile, celebrado al día siguiente, fue un gran éxito. Los diseños fueron muy aplaudidos y el *casting* de las modelos, un mestizaje perfecto de belleza y estilo, redondeó una propuesta brillante. Los titulares de todos los artículos de prensa posteriores fueron increíbles. Sin embargo, la revista de la que era directora aquella engreída de la *suite* Eiffel y el director de moda de un prestigioso periódico, los dos medios que más deseábamos que recogieran el evento, respondieron con el silencio. No publicaron nada ni en su edición *online* y ni en la impresa.

No estar en esos medios, entonces considerados los barómetros de la calidad de los diseñadores y de las colecciones, suponía todo un fracaso. Pero además, y sobre todo, fue una increíble falta de respeto y de sensibilidad hacia el diseñador y a todos los que trabajamos en un proyecto que asumió un gasto desmesurado por agradar a una panda de gilipollas.

El diseñador de aquel desfile, la gran promesa, se convirtió pronto en un juguete roto. Cambió su sensibilidad por un trato déspota producto de las noches de alcohol y drogas. Se metió por la nariz rayas kilométricas, hasta que su cuerpo no lo aguantó más. El servicio de habitaciones encontró su cadáver en una de las *suites* del hotel en el que se habían reunido tiempo atrás aquellos gurús de la moda tan pagados de sí mismos.

Qué triste ensalzar a una persona solo para disfrutar gratis de viajes de lujo y olvidarse de él en cuanto subían al avión de regreso. Es algo que ocurría no pocas veces con otros diseñadores y otras firmas. Por fortuna, eso ya es pasado. Las redes han hecho perder poder a las vacas sagradas de los medios. Ahora, los aires de grandeza se pagan caro.

Los dos personajes que se aprovecharon de aquel evento para ignorarlo después me demostraron que el karma realmente existe. Pocos años más tarde, comenzaron un declive profesional que terminó por afectar también a su vida personal.

Soportar a jefes déspotas es desgraciadamente muy común en este sector y en cualquier otro. Si te gusta tu trabajo o no puedes económicamente prescindir de él, toca callarse. Fueron muchos los que tuvieron que callar con esas dos personas y los que se alegraron cuando las vieron caer.

La superdirectora de la revista de moda más *top* era una diva respetada y temida a partes iguales en su trabajo, y una desgraciada al llegar a casa. La edad le fue pasando factura en lo laboral y su carácter soberbio terminó por romper su matrimonio. Justo castigo para una esnob acostumbrada a vivir en su inexpugnable torre de marfil.

Al director de moda del prestigioso periódico le fue aún peor. A cambio de críticas positivas, exigía todo tipo de regalos de lujo: viajes, noches en hoteles de cinco estrellas, diseños de las colecciones a las que asistía, y comidas y cenas en restaurantes de varias estrellas Michelin. Algo parecido a lo que obtuvo en aquel evento de París.

Le pidió lo mismo a un nuevo diseñador. Al principio, este pensó en callarse y tragar, al igual que lo hacían otros muchos. Sin embargo, tras una discusión entre ambos, el diseñador le mandó a la mierda y como venganza, el periodista realizó una crítica pésima de uno de sus desfiles. El creador, indignado, lo denunció por soborno.

Entonces se produjo un movimiento similar al Me Too de Hollywood, cuando una primera acusación de acoso contra el poderoso productor Harvey Weinstein animó a otras mujeres a airear lo abusos sexuales que habían soportado para continuar en el negocio. Aquella denuncia del diseñador desembocó en una catarsis que afectó a toda la industria de la moda. Creadores, fotógrafos, asistentes y becarios alzaron la voz frente a los abusos de poder, el manejo interesado de la información y la dictadura de algunos gurús. Y las redes sociales ayudaron enormemente a divulgar esos atropellos. Una de las más sonadas consecuencias fue el despido de aquel impresentable director de moda.

11

Había estado desaparecida un mes, embarcada en mis proyectos y gestionando mis recuerdos. Unos y otros encontraban su lugar en «La estilista», que además esperaba nuevas historias para ser contadas. Escribir se estaba convirtiendo para mí en una terapia más efectiva que cualquier medicamento, un ansiolítico maravilloso y muy revelador.

Una mañana, mi cabeza me dijo que ya era hora de salir de esa reclusión y divertirme un rato. Nadie mejor para echarme unas risas que mi amiga Mafalda. Nos conocemos de toda la vida. Nuestros padres era muy amigos y muchos de los planes familiares los hacíamos juntas. Además, somos casi de la misma edad: yo soy dos años mayor. La llamé y quedamos para una hora después. De camino a la cita, que hice paseando, me acordé de un viaje que compartimos y que culminó en una gran juerga que pudo llegar a ser peligrosa.

Me encargaron llevar la comunicación de una firma asiática de belleza que estaba realizando una importante inversión de *marketing* en Europa. Pretendían lograr una amplia cobertura mediática con diversas campañas dirigidas a afianzar la reputación de la marca e incrementar ventas. Era un trabajo fascinante que me llevó a Singapur en un viaje relámpago.

La primera vez que estuve en esa ciudad-estado fue en 2003 con motivo del concurso Elite Model Look España, del que llegué a ser directora. Volví al país nueve años más tarde para asistir a un desfile. Aquella iba a ser mi tercera vez.

Mafalda tenía un *blog* de moda y estilo bastante conocido para el que realizaba vídeos por todo el mundo. Eran unos años en que los *blogs* todavía tenían más impacto que Instagram. Mi amiga no contaba con miles de seguidores, pero sus perfiles correspondían al tipo de clientes que nos interesaban. Por una increíble casualidad, iba a estar en Singapur en las mismas fechas en que yo viajaría allí, de modo que decidí aprovechar la ocasión e invitarla a participar del proyecto. Además, chapurreaba algo de chino y eso siempre sería de ayuda.

Fueron tres días intensos de trabajo en aquella ciudad. Por la mañana, teníamos reuniones a primera hora para preparar estrategias y planes de comunicación para los siguientes meses. Por la tarde, realizaba grabaciones con

Mafalda que ilustrarían los artículos que acompañarían las campañas.

Singapur es una de las ciudades con más atracciones del mundo, de modo que dispones en poco espacio de escenarios increíbles para realizar sesiones de fotos y vídeos, o para organizar presentaciones que marquen la diferencia. La más conocida es la Rueda de la Fortuna, una noria gigante de 165 metros de altura que ofrece una inigualable vista panorámica. Más espectacular aún es el Jardín Botánico, combinación perfecta de paisajismo, ecología y jardinería que alberga una asombrosa diversidad vegetal y en el que destaca el Jardín de las Orquídeas, con tres mil especies diferentes de esa flor. Orchard Road, la principal avenida comercial de Singapur, de 2 kilómetros de longitud, quizá sea mi lugar preferido. Es como la Quinta Avenida de Nueva York pero más limpia, elegante y ordenada, y con unas tiendas de infarto. Por supuesto, también visitamos los Jardines de la Bahía, combinación única de arquitectura y naturaleza.

Entre grabación y grabación debíamos atender reuniones y entrevistas con figuras públicas relevantes. Una de las personas que más me interesó conocer fue Xiam Lem, la actriz mejor pagada y más popular de China. La firma de cosméticos para la que yo trabajaba celebró su cumpleaños con una cena en un *penthouse* situado en los últimos pisos de la torre Tanjong Pagar Center, a doscientos cincuenta metros de altura. En la gran terraza montamos un *catering*, contratamos a un violinista y llenamos el *jacuzzi* de champán.

Xiam Lem era encantadora. Vestía un traje muy corto negro, ceñido a la cintura y con la espalda al descubierto. Lucía un increíble collar de perlas que le caían por la columna y su pelo estaba recogido para que pudiéramos apreciar los tremendos brillantes que colgaban de sus orejas. Era una auténtica preciosidad. Y estaba sola. Tan sola que pasó su cumpleaños con Mafalda y conmigo, a quienes nos acababa de conocer.

Nos hicimos fotos que aparecieron al día siguiente en todos los periódicos: brindando, cortando la tarta, riéndonos... Fue una noche divertida pero, al mismo tiempo, triste. Pura apariencia. Ni éramos sus amigas ni lo íbamos a ser porque pertenecíamos a mundos muy diferentes. La fiesta resultó ser como una de sus películas: una vez terminado el rodaje, cada uno se marcha a su casa. Hace poco la vi en la revista *¡Hola!* Estaba igual de espectacular. Vestía un Chanel. Se había convertido en la actriz china revelación en Estados Unidos. La viva imagen de la fama, el dinero y el éxito. Pero seguía sola.

La noche antes de dejar Singapur, Mafalda y yo decidimos salir a divertirnos. Habían sido unas jornadas de trabajo muy intensas y nos merecíamos disfrutar un poco. Fuimos a Clarke Quay, una zona de ocio muy moderna y aparentemente fría. Allí se concentran gran cantidad de restaurantes, bares, clubes y discotecas de muy diferentes estilos. Nos metimos en una de ellas y directamente flipamos.

Estaba llena de americanos y europeos. No sé muy bien cómo, acabamos en un espacio privado de la discoteca, fumando marihuana y bebiendo cócteles. Mafalda terminó tirada en un sofá dándose un revolcón con uno que habíamos conocido un rato antes. Uno de sus amigos intentó liarse conmigo. Y luego apareció otro más, igual de cachondo. Todo estaba lleno del humo de la marihuana. Aquello podía acabar mal. Si nos pasaba algo allí, nadie se enteraría, así que rescaté a mi amiga y con la excusa de ir al baño, corrimos hacia la salida. Cuando los chicos con los que estábamos se dieron cuenta, salieron a buscarnos. Les vimos y nos escondimos en otro local, muertas de risa. Tuvimos que esperar casi media hora hasta que por fin desaparecieron.

Camino de mi cita con Mafalda en el centro de Madrid, me reí acordándome del espantoso resacón que nos dejó aquella última noche en Singapur. Tenía muchas ganas de verla y cotillear de todo. Iba con los cascos puestos. Creo que escuchaba a Adele. En esa época no hacía otra cosa que ponerme sus canciones. Me parece una mujer increíble y su historia es mágica. Su música lograba que apreciara más el paseo por mi ciudad. Me encanta Madrid. Es muy *cool*. He vivido en muchos lugares, he viajado a ciudades de todo el mundo, pero hay pocas que te den tanto como esta. Mi padre me riñe en broma cuando digo que Madrid es y será siempre mi ciudad.

—Frida, tú no eres madrileña —apunta.

—Papá, soy ciudadana del mundo —le contesto—, y mi mundo está aquí, en Madrid.

No entiendo por qué algunas cosas que aparentemente no tienen importancia se te quedan grabadas en la memoria. No solo recuerdo que Adele me acompañaba. También, incluso, cómo iba vestida: unos *jeans* pitillo, zapatillas Converse blancas, jersey amplio blanco de lana de tres nudos y un lazo anudado a la coleta. Encima llevaba un abrigo color *camel* sin mangas, en forma de chaleco, que me había comprado hacía poco y como accesorio, mi bolso Gucci.

Hacía un día excelente. Un sol de finales de invierno calentaba más de lo que hubiera sido normal para esas fechas. Estaba pletórica. La calle Serrano era una pasarela de gente guapa y, como yo, la mayoría parecía confluir en la Puerta de Alcalá. Me paré para contemplarla un momento. Siempre me ha emocionado estar al lado de ese monumento. Me senté en la terraza del Ramsés y esperé ansiosa a Mafalda. Hacía mucho que no nos veíamos.

—¡Eh! Yo ya había echado el ojo a ese abrigo que llevas e iba a comprármelo. ¡Qué mal que me lo hayas quitado! —dijo mi amiga riéndose al tiempo que nos dábamos un abrazo largo y profundo—. ¿Cómo estás Frida?

—Feliz por verte de nuevo. Y con muchas cosas que contarte.

Le hablé del viaje que hice con Lou a La Habana y del proyecto de la exposición en Nueva York, aunque antes de seguir con temas profesionales, prefirió ponerse al día de los personales.

—¿Y Ju y Flopi? ¿Siguen por ahí?

—Claro. Y van a tener mucho protagonismo en mi libro.

—¿No me digas que por fin te has decidido a escribirlo?

—Sí. Y estoy entusiasmada con él. También vas a salir tú.

—Cuidado con lo que cuentas…

—Venía acordándome de nuestro viaje a Singapur.

—¡Oh, Dios mío!

—Y del lío que se montó en aquella fiesta que organizaste en El Viso.

—¡Oh, Dios mío!

Sí, tenía que contar lo que pasó en aquella fiesta. Mafalda invitó a todo el pijerío de la época. La organizó en un local del barrio del Viso. Fue una locura. Lo estábamos pasando genial, hasta que un conocido «hijo de», habitual de la prensa rosa, se metió en el baño a esnifarse unas rayas con una amiga de Grace (Mari Puri), que todavía era mi asistente. Grace no podía ni ver a Mafalda, pero se apuntó a la juerga porque estaba colada por el «hijo de». No tenía nada con él, pero esperaba tenerlo. Estando ya muy borracha, descubrió que su amiga se había metido en el baño con él, y le dio un ataque de celos. Se volvió loca. Organizó tal pollo que tuvo que venir la policía.

Lo sorprendente es que, a pesar del escándalo y de que ante todos hubiera quedado como una niñata histérica, logró engatusar al chico para comenzar una relación que culminó en matrimonio primero y en divorcio no mucho después. Se descubrió que él le ponía los cuernos cada vez que salía y que ella lo consentía porque tenía su propia aventura con un alto cargo de la política que podría haber sido su padre.

—¿Cómo vas a llamar al libro? —preguntó Mafalda.

—*La estilista*.

—Suena *cool*. Por el título parece que solo vas a hablar de tu vida glamurosa.

—No, voy a ser muy sincera. También mostraré mis heridas.

—Entonces tendrás que empezar por hablar del cumpleaños en que tu madre te vistió de Frida Khalo —dijo riendo.

Se refería a mi primera fiesta de cumpleaños importante. La recuerdo con horror. A mamá se le ocurrió disfrazarme para hacer honor a mi nombre. Incluso me pintó el entrecejo para buscar un mayor parecido con la pintora. Consiguió que fuera el hazmerreír de mis amigas.

—Mierda... Eso y el vestido Klein me han marcado —reconocí con un divertido gesto de fastidio.

Sí, aquel vestido azul de flecos, en color Klein, resultó ser toda una prueba de carácter para mí. Me lo puse en la ceremonia de graduación al terminar mis estudios de Comunicación en Estados Unidos. Recuerdo muy bien las burlas de dos de mis compañeras, Natasha y Kenza, que, al igual que yo, tenían intención de dedicarse a la moda. Me dijeron que los flecos eran ridículos y el color, inapropiado. Mi intención había sido homenajear a Yves Klein, el inventor de ese tono tan particular de azul, y resultó todo un fiasco.

Las odié tanto en ese momento... Sus risas, su tono sarcástico, sus aires de superioridad... Ese día me propuse con más fuerza que nunca llegar a ser influyente en el mundo del estilismo. Las demostraría lo que valía. Durante mucho tiempo, ese objetivo se convirtió en una obsesión. Me equivocaba. Cuando maduras, te das cuenta de que a la única persona a la que debes demostrar algo es a ti misma.

Mi carrera continuó progresando poco a poco mientras las suyas brillaban gracias a sus relaciones. Natasha estaba liada con un importante directivo de uno de los grandes imperios de la moda y con Kenza, al hijo de un empresario textil. Disfrutaban de viajes a Saint-Tropez, asientos en primera fila en los desfiles y fotos en los medios con bolsos y zapatos cuyo coste triplicaba mis ingresos de un mes.

Ser amantes o novias les salía rentable. Yo, en cambio, era la pringada que durante mis prácticas en los ateliers recogía los alfileres del suelo cuando a la modelo de turno le daba por respirar y los pliegues del vestido estallaban.

Lo reconozco, no podía evitar sentir envidia. Y menos mal que en esos años no existían las redes sociales, porque ver sus publicaciones luciendo éxito cada día me hubiera provocado una enfermedad.

Mamá siempre me decía que todo en la vida llega a base de trabajo y esfuerzo. Doy fe de ello. Yo continué mi camino sin ayuda de parejas con buena posición, aunque pude haberlas tenido. A veces jugué a ser gata con algunos hombres con poder, pero al final me salía el león que tenía dentro y tras soportar que me metieran mano una o dos veces, con el consiguiente comentario de mal gusto, les mandaba a la mierda. Así me cerré algunas puertas que a saber a dónde me hubieran llevado. Pero no me quejo. Al contrario, no me ha ido nada mal. Estoy orgullosa de que ahora mis señas de identidad sean las flores en la cabeza, al estilo Frida Khalo, y el azul Klein, que acabó siendo tendencia.

Hace mucho que las Natachas y Kenzas, o las otras Rebecas para las que he trabajado, dejaron de ser referencias para mí. A menudo no nos damos cuenta de que los verdaderos ejemplos de vida están mucho más cerca y son mucho más modestos. Por eso sigo recordando con tanto cariño a Idaia, una mujer maravillosa que traté demasiado tarde y demasiado poco. Llegó a nuestra casa a consecuencia de un terrible drama familiar.

Mi madre tenía dos buenos amigos cubanos, Jack y Muriel. Frecuentó mucho su compañía en Miami, donde residían. Idaia llevaba muchos años con ellos como servicio doméstico. Yo aún no había nacido y esa mujer cubana, bajita, menuda, con una pequeña berruguita en la nariz, conquistó a mamá. Cada Navidad, intercambiaban felicitaciones y mamá le enviaba fotos de nuestra familia. Idaia me vio crecer a través de esas imágenes.

Por mi cumpleaños, cada 23 de septiembre, me mandaba siempre un pequeño paquete envuelto en papel rosa con una pieza de un puzle que cada año iba completando. Al cumplir los dieciocho, recibí la última pieza. El puzle estaba acabado. Se leía «FRIDA». La acompañaba una carta muy especial.

Querida Frida:

No te conozco pero te siento. Ya te sentí en el vientre de tu madre cuando aún te estabas formando. Nunca la vi tan feliz como el día que le dijeron que iba a ser la mamá de una niña. Te puso Frida antes de verte. Sabía que ibas a ser tan creativa como ella, una mujer que daría lecciones de vida.

Te he ido mandando piezas de ese puzle para que lo montases poco a poco, sin prisa, al igual que te irías formando en la vida. Y hoy que cumples dieciocho años, cuando te haces mayor de edad, se completa para ayudarte a emprender el camino por ti sola.

No olvides nunca el significado de tu nombre porque ese es tu don: Frida, la protectora. La que lleva la paz.

Un par de meses después, Jack y Muriel se arruinaban debido a una estafa. Jack no lo resistió y se pegó un tiro. Recuerdo el estado de *shock* en que quedó mamá. Hablaba a menudo con Idaia preocupada por el estado anímico de Muriel. Tenía razón para estar angustiada. La amiga de mamá no soportó el dolor de la pérdida y el cambio de estatus social, y con la misma arma con la que su esposo se mató, ella acabó con su vida.

Idaia, que ya era bastante mayor, se quedó prácticamente en la calle, así que mamá decidió traerla a Madrid para que viviera con nosotros. Al fin nos conocíamos. Era tan adorable y cariñosa como la imaginaba. Pasado un mes, ya era parte de la familia y yo, su hija adoptiva. No me dejaba ni recoger un plato.

Ella también hacía honor al significado de su nombre: trabajadora y próspera. Quería ocuparse de todo, en especial de la cocina. Nos preparaba platos deliciosos, como ropa vieja, ajiaco o picadillo a la criolla. Engordamos dos kilos por cabeza. Papá estaba encantado. Si se trataba de decorar la mesa, a mi madre no le ganaba nadie, pero en cuestiones culinarias... Digamos que ninguna de las mujeres de nuestra familia hemos sido bendecidas con esa cualidad.

Disfruté poco de la compañía de Idaia porque unos meses después de su llegada, me fui a vivir a París y, a continuación, a estudiar y trabajar en Estados Unidos. La veía cuando regresaba de vez en cuando a estar con la familia. Siempre afectuosa. Siempre sonriente. Falleció estando yo fuera. La lloré mucho. Su puzle está en un lugar visible de mi casa.

—Háblame más sobre esa exposición en la que Lou te ha embarcado —dijo Mafalda mientras pedía su segundo refresco con tapa. La terraza del Ramsés se había ido llenando para aprovechar el agradable sol del mediodía—. ¿Cuándo se inaugura?

—El 8 de enero. Sigo buscando perfiles de *instagramers*. Por ahora tengo solo mujeres y necesito hombres. Y también a algún famoso. Quiero gente muy diversa que sea capaz de ofrecer una visión global de lo que de verdad se mueve en esa red social. Ya vale de estilismos perfectos y cuerpos de escándalo junto a piscinas maravillosas. Me quedan tres meses, hasta el verano, para cerrar a todos los participantes y empezar a coordinar con ellos los trabajos. A lo mejor me podrías ayudar, pasarme gente que conozcas.

—Seguro. Dame unos días a ver qué se me ocurre.

12

Dos semanas más tarde, Mafalda me llamó. Tenía dos perfiles de *instagramers* que podían encajar. Sus historias me llamaron la atención, sobre todo la de Ofelia, una chica sevillana que había sabido aprovechar muy bien sus contactos y su talento para trepar y llegar a Madrid por la puerta grande.

Apenas tenía veinte años cuando un adinerado matrimonio mexicano con casa en la capital andaluza la contrató como *nanny* de sus tres hijos durante los periodos que pasaban en la ciudad. La madre, Marlén Riviera, una mujer guapísima, con un gusto exquisito y un estilo impecable, era tan estirada como desconfiada. Solo dejaba entrar en su casa a personas muy recomendadas.

Ofelia logró el trabajo porque, tiempo atrás, su madre estuvo en el servicio doméstico de los padres de Marlén.

Contratando a la hija, agradecían los años de lealtad y buen hacer de la madre.

Como niñera, Ofelia era cariñosa, pero poco autoritaria. Los niños no la respetaban y la organización de la casa muchas veces dejaba que desear. Sin embargo, se fue ganando a Marlén, quizá porque a la matriarca le divertía mostrar su exquisito mundo a esa españolita de provincias, de facciones fuertes y adustas, bajita, gordita, pelirroja y con el cuerpo lleno de pecas.

Se la llevaba de compras a Madrid y en un par de ocasiones viajaron en el avión privado de la empresa familiar para ir de *shopping* a París y Milán. Ofelia se sentía como la protagonista de *Pretty Woman* recorriendo la avenida Montaigne o los Campos Elíseos, y saliendo cargada de paquetes, aunque no fueran para ella, de las tiendas más lujosas de la vía Montenapoleone o Della Spiga en Milán. Gucci, Moschino, Versace, Bulgari, Dior, Louis Vuitton... Era un sueño hecho realidad para una niña que había nacido en un barrio humilde de Sevilla y que acababa de dejar el instituto público. Su primer bolso de lujo fue un *clutch* de Prada que le regaló *madame* Riviera, como le gustaba que la llamara. A Ofelia el gesto casi le provocó un desmayo.

Madame Riviera tenía un gusto muy definido. Cuando no viajaba, renovaba su vestuario, o más bien lo ampliaba, eligiendo los nuevos modelos a través de los catálogos especiales que le enviaban las grandes firmas, en especial Chanel. Era una clienta preferente: ella nunca entraba en las famosas lista de espera para conseguir el bolso más deseado del momento y la invitaban al *front row* de los mejores desfiles.

Es posible que la moda fuera la única pasión de su vida. La relación con su marido era muy distante y con sus hijos, más bien fría. Había poco amor en esa casa, aunque de puertas afuera resultaran una familia entrañable.

Ofelia era su juguete, una agradable compañía con la que fue ganando confianza, tanta que un día le pidió consejo sobre el estilismo que luciría en una cena a la que asistiría con su marido. Ofelia se sintió sorprendida y halagada, y le sugirió un *look* que *madame* Riviera adoptó encantada.

Fue todo un acierto porque esa noche, después de mucho tiempo, su marido le dijo que la veía muy bella. Esos halagos solía reservarlos para otras, lo que había hecho que su esposa, poco a poco, fuera perdiendo la seguridad en sí misma. Pero esa vez fue diferente. Esa noche incluso la miró con deseo, otra cautivadora novedad.

Aquella cena supuso un antes y un después en la vida de Ofelia. La chica de compañía se convirtió en consejera y asistente con acceso a su armario. *Madame* Riviera comenzó una etapa de una intensa actividad social, quizá por verse de nuevo guapa y deseable. Cuanto más se prodigaba, más tareas recaían en Ofelia, a la que le seguía pagando una miseria.

La matriarca era una de esas ricas tacañas a las que les cuesta gastar dinero si no es en ellas mismas, de modo que llegaron a un acuerdo tácito y económico: su asistente la aconsejaba con los *looks*, la ayudaba a salir divina en las fotos y Ofelia, a cambio, tenía permiso para decir en Instagram que ella había sido su estilista.

Muchas amigas de *madame* Riviera, algunas bastante conocidas en los más exclusivos círculos sociales, empezaron a llamarla para que probara con ellas su buen gusto para la ropa. Y de esa forma, comenzó a tejer una agenda que fue ampliándose rápidamente con nombres distinguidos.

Trabajaba sin parar. Su prioridad era conseguir clientas famosas. Daba igual el perfil, lo importante era que saliesen en el *¡Hola!* Al principio no ganaba dinero, algo que no le importaba porque su objetivo era construir una red de contactos exclusivos y una gran comunidad de seguidores en Instagram.

El dinero vino después, cuando las grandes firmas le ofrecieron jugosos contratos para acceder a sus conocidas clientas. Con sus primeras ganancias, se sometió a un tratamiento de lipo-escultura. En un mes, su culo gordo y caído se volvió pequeño y redondito. Logró una cintura de avispa y unos labios carnosos. Era otra mujer, por dentro y por fuera.

Dejó Sevilla para alejarse de su pasado vulgar y se trasladó a Madrid aprovechando que la familia Riviera se compró una casa en el exclusivo barrio de La Moraleja. Ofelia estuvo muy poco tiempo más con ellos porque enseguida voló sola. Su reputación de estilista de los famosos la hizo frecuentar los ambientes más selectos, y el lujo y el ego, como a tantas otras, se le subieron a la cabeza.

La apocada sevillana se transformó en una prepotente *influencer* que desde su atalaya de nueva rica, con cientos de miles de seguidores en Instagram, miraba por encima del hombro a todo el mundo. Y encima, no jugaba limpio con las firmas, pero estas hacían la vista gorda y le llenaban el armario de ropa con tal de que sus clientas lucieran determinados diseños. En una ocasión, llegó a exigir a una marca volar a Nueva York en *business class* y alojarse en una *suite* del hotel Four Seasson con acceso gratuito a los tratamientos del *spa*. Es decir, estatus de *celebrity*. En caso contrario, aconsejaría a «sus» famosas las piezas de la competencia.

Esos humos de diva le costaron que en el mundillo se la empezara a conocer como La Sapo, por ser capaz de tragarse todo y a todos para lograr sus objetivos.

Pero lo cierto es que Ofelia era una *instagramer* muy popular (setenta y cinco mil seguidores), con una trayectoria única, y me interesaba conocerla. Mafalda me puso en contacto con ella y quedamos para vernos.

Me provocó rechazo desde el primer instante. La mala energía se percibe enseguida. Altiva. Pagada de sí misma. Cínica. Muy lista.

—No sabes qué ilusión me hace. Me entusiasma el proyecto —dijo cuando le expliqué mi propósito—. Pero supongo que podré tener la última palabra sobre las imágenes que utilicéis y el relato que preparéis sobre mí.

—Respecto a las fotografías, lo tendrás que hablar con el responsable artístico.

—¿Quién es?

—Todavía no puedo decírtelo, pero es un fotógrafo con un enorme prestigio internacional, así que puedes estar tranquila. ¿Y qué te gustaría que contáramos de tu historia?

Su respuesta fue divertida. Por resumir: su madre nunca fue asistenta, sino ama de casa; su padre era constructor, no albañil, y a ella no la contrataron como *nanny*, sino como asistente personal. Sí me habló de *madame* Riviera y de su familia, aunque minimizó la repercusión que tuvo en su despegue profesional. Y se describió a sí misma como una Pigmalión del estilo, ya que gracias a ella muchas chicas apenas conocidas habían alcanzado la fama.

Sospecho que me envidiaba porque yo crecí en los ambientes a los que ella tanto le había costado acceder y porque aspiraba a ser como yo: una estilista que crea tendencia, no solo la «estilista de». Pero todo eso daba igual. Lo importante es que a mí me interesaba su perfil y a su ambición le interesaba la visibilidad internacional que le daría formar parte de una exposición en Nueva York.

—¿Sabes? Algo había oído ya sobre tu proyecto —me dijo—. Algunas personas lo han comentado en Instagram.

Eso me alarmó. Me enteré de que, en efecto, se estaba hablando de la exposición, incluso de que Lou sería el responsable artístico. Corría el riesgo de que alguien se adelantara y organizara algo similar en España. Me convenía cerrar cuanto antes los perfiles para conseguir las mejores opciones.

Ya tenía confirmadas a cuatro participantes: Mariela, la genio de las fotografías gastronómicas; Constanza, la nueva *it girl*; Dolores Navarro, más conocida por Blue Moon, hortera y falsa; y Ofelia, El Sapo. Estaba decidida a que la quinta fuera mi pequeña Juliana. Mi actriz parisina. La revelación de la moda y de la industria del cine galo, y además todo un fenómeno en redes sociales.

La otra propuesta de Mafalda, y posible sexto perfil, se llamaba Pampi, una italiana residente en Madrid de fama efímera, caída en desgracia dentro del *show business* y renacida como personaje en el mundo virtual de las tendencias. Tenía potencial para aportar un curioso contraste con Ofelia y Blue Moon: ellas jugaban a ser perfectas; Pampi, a ser canalla.

Al conocerla, me pareció divertida y sexi. Una cuarentona de muy buen ver. Era tal cual. No escondía nada. Su sinceridad resultaba abrumadora. Le daba igual decir a sus seguidores que no tenía ni un duro como publicar una foto en Instagram con un pecho al aire si eso le servía para ganar nuevos adeptos.

No paraba en casa ningún día. Era la reina de los *afters*. Le gustaban los porros y el whisky, pero pasaba de otras drogas. Su hermano murió de una sobredosis y eso la dejó marcada.

Salir un tiempo con un actor famoso le dio cierta visibilidad en Italia. Eso la llevó a frecuentar algunos programas del corazón y a entrar en un *reality* en el que consiguió la popularidad que buscaba. Me reconoció que eso la perturbó: «Me lo creí demasiado. Y luego me di la hostia cuando el programa se fue a la mierda».

Los siguientes meses vivió de las rentas. La reclamaban para algún *photocall*, cada vez de menos categoría, hasta que un día dejaron de llamarla. He conocido muchos casos como el de Pampi. Estrellas fugaces que no entienden que la vida puede cambiar a cada instante. Nos puede pasar a todos, aunque algunos corren un riesgo mayor. Nadie debería basar una carrera en un polvo o en un poco de fama prestada. Si quieres construir un personaje atractivo, tienes que aportar, diferenciarte, ofrecer algo a lo que otros aspiren. Y demostrar paciencia y voluntad. Aprender esa lección le costó a Pampi una profunda depresión.

Sin embargo, tuvo la fuerza y el talento para recomponerse. Reflexionó sobre lo que le había hecho atractiva para la audiencia del *reality*. Concluyó que gustaba sobre todo su personalidad natural y la transgresión de su estilo. De modo que si esas eran sus cualidades, tendría que explotarlas en el escenario adecuado: las redes sociales. Y así comenzó a perfilar un personaje extravagante, juerguista, que se reía de sí misma y de sus *looks*, siempre innovadores y arriesgados, nunca convencionales. Iba de malota, pero en realidad era una tía buena, noble y muy graciosa. Se había ganado a sus cincuenta mil seguidores (y subiendo) sobre todo en el entorno gay y entre las chicas de barrio.

Le dije que me hacía mucha ilusión que estuviera en el proyecto y cuando aceptó, lo celebramos con copazos hasta las tres de la mañana en un bareto de Malasaña. Fue un mano a mano estimulante, de los que te hace echar una mirada más allá del círculo en el que habitualmente te mueves. El mío a veces me resulta tan cínico que necesito huir de él. Pampi, con su sencilla y brutal naturalidad, se convirtió desde esa noche en la amiga que me ayudaba a descontaminarme.

Ya era principios de junio. Desde que volví de Colombia, había estado tan ocupada con la exposición y otros trabajos puntuales para algunas firmas que había descuidado mi físico. Ni me acordaba de la última vez que había pisado el gimnasio. El verano llegaba con algo más de calma en lo laboral, de modo que hice propósito de enmienda y retomé mis antiguas rutinas: tres días a la semana iba a correr al Retiro y otros dos, a clase de yoga.

Esa tranquilidad se rompió de la mejor forma: me llamaron para colaborar con la Mercedes-Benz Fashion Week Ibiza. No podía rechazar una propuesta así. Los organizadores habían seleccionado a varios diseñadores para desfilar, como en las anteriores ediciones, en el hotel Usuhaïa, en playa d'en Bossa. Yo me encargaría del estilismo de la estrella invitada al desfile de Custo Barcelona y de Andrés Sardá: mi adorada Juliana, recientemente elegida por varias publicaciones femeninas como la actriz europea mejor vestida. Era la primera vez que dos grandes firmas compartían una *celebrity* como improvisada modelo. Por ella se había hecho una excepción.

Tras nuestro reencuentro en París, habíamos continuado trabajando juntas. Flavia, la hija de Ju, era mis manos y mis ojos en la Ciudad de la Luz. Me ayudó a distancia a preparar algunos actos a los que Juliana tuvo que asistir allí. Además, en España realizamos tres producciones editoriales para las revistas *Harper's Bazaar*, *Elle* y *Hola Fashion*.

Yo me había propuesto aproximarla a la moda española, por eso la invité a uno de los desfiles de Andrés Sardá. Allí surgió un flechazo entre Nuria, la directora creativa e hija del fundador de la firma, y Juliana. Y eso había llevado a que ella y yo nos fuéramos a encontrar de nuevo, esa vez en Ibiza.

A Custo lo conoció cuando las dos asistimos a uno de sus desfiles en la New York Fashion Week. Acabamos de fiesta con el diseñador en uno de los *penthouse* más increíbles de Manhattan: trescientos metros cuadrados de lujo y comodidad con unas vistas cinematográficas sobre Central Park. A su propietario y anfitrión lo traté durante mi etapa en Sotheby's. Era uno de los principales coleccionistas de arte latinoamericano, como se podía apreciar en las paredes de la casa. Estuvo a punto de comprar el retrato de Frida Kahlo pintado por Diego Rivera, pero finalmente se lo arrebataron en la puja.

En esa fiesta, Custo y Juliana hicieron buenas migas. La actriz estaba definitivamente ganada para la causa de promocionar la moda española. Le encantaba. Y ella fascinaba a nuestros diseñadores. La colaboración era muy prometedora.

Ibiza es mágica. Al llegar a la isla, sientes un chute de energía que te revitaliza. En esa ocasión, con el verano despuntando, llenas de vida sus calles y sus calas, nos sentimos especialmente afortunadas. Y si además te reciben en esa maravilla de hotel, la sensación es incomparable. El Usuhaïa es una barbaridad, una mezcla sensual de diseño, música, buen ambiente y excelente servicio. Juliana estaba flipada y así continuó los tres días que pasamos en la isla.

Enseguida comenzamos a trabajar: *fitting* (prueba de ropa), preparar el maquillaje y el peinado más adecuados, y practicar los pasos y movimientos sobre la pasarela. Juliana no era modelo y aunque ya estuviera acostumbrada a las alfombras rojas, no tenía las tablas ni mucho menos la seguridad que requiere un desfile de moda.

Los estilismos que luciría en los dos desfiles, tanto en el de Custo como en el de Andrés Sardá, estaban perfectamente estudiados, ajustados como un guante a su cuerpo. Un simple centímetro de más o de menos puede cambiar la armonía de una prenda. Por eso es esencial estudiar los largos, los pliegues de la ropa al caminar y elegir el calzado idóneo.

Probablemente lo más complicado sería idear un maquillaje y un peinado base que se pudiera adaptar rápidamente a los cambios que exigirían los distintos desfiles y *looks*.

Deberían bastar retoques en los tonos del rostro y en el moldeado del pelo, con recogidos o tocados.

Cada uno de esos detalles son analizados por el público y pueden determinar el éxito o el fracaso de la presentación. Pero además, transmitir que todo está analizado y controlado ayuda a que la modelo se sienta segura, más aún tratándose de una novata. La actitud sobre la pasarela es fundamental. Debe mostrarse empoderada, altiva, avasalladora. Gritar solo con su presencia ese «Porque yo lo valgo» que sirvió como eslogan a L'Oréal y que marcó un hito entre las mujeres (con razón, porque si nosotras no nos creemos lo que valemos, nadie lo hará).

Aquel evento de la Mercedes-Benz Fashion Week Ibiza resultó sin duda un acontecimiento único. Junto a Custo Barcelona y Andrés Sardá, desfilaron las creaciones de Jorge Vázquez, Teresa Helbig y Alvarno. Me impresionaron los dos en los que participó Juliana. Los recuerdo muy bien.

Abrió cada uno de ellos vistiendo algunas de las piezas más aplaudidas. Estaba deslumbrante. Se la veía segura, a gusto con ese papel que representaba por primera vez. Sin duda, fue la gran protagonista de la noche y quien al día siguiente ocupó las portadas de la prensa y las cabeceras de algunos programas de televisión.

Al contemplarla sobre la pasarela, cubierta por la luz de los *flashes*, pensé en las vueltas que da la vida. Hacía poco era una chica gordita buscando sin éxito una oportunidad para demostrar su talento. Los diseñadores no querían vestirla y las agencias de representación la despreciaban porque no veían futuro en ella. Qué increíble ceguera. Imaginé que muchos se estarían tirando de los pelos al verla convertida en estrella.

Al final del desfile, Custo salió con Juliana a la pasarela y le entregó un ramo de flores. Lo recibió con el mismo entusiasmo que si hubiera ganado el Oscar. No dejaba de ser una niña ilusionada por todo lo que le estaba deparando la vida.

Acabado el evento, nos fuimos a tomar una copa. Juliana vestía un sugerente vestido de Custo, vaporoso y con transparencias. El champán ayudó a que nos relajáramos. Mientras brindábamos por todo lo bueno que estaba por llegar y por el buen karma, noté que una mano me cogía con suavidad por la cintura. No sabía quién era, pero me gustó. Mi viejo amigo Teo, con su eterna sonrisa picarona, su cara de niño travieso y sus mofletes regordetes.

—¡Frida! Qué maravillosas sorpresas depara siempre Ibiza…

—¿Cómo estás Teo? Cuánto tiempo, pero te veo igual.

—Tú estás mejor.

Era un seductor redomado, con muy buena presencia. Ya se acercaba a los cuarenta. Me caía bien. Le tenía por buena persona y un guasón. Siempre que coincidíamos, nos divertíamos mucho y hablábamos de todo, aunque nuestra relación no era muy estrecha. Le presenté a Juliana y enseguida congeniaron. Ni él hablaba francés ni ella español, pero con un poco de inglés y entre signos, gestos y risas, la comunicación fluyó.

Se notaba a la legua que Teo quería ligársela. Le interesaba que le vieran con famosas. En el mundillo se sabía que era una estrategia para promocionar sus múltiples negocios y si caía algo más..., pues mejor que mejor. Por ese motivo yo nunca le había dado mucha cancha.

Se quedaron hablando solos. Yo me largué. No quería ser cómplice de la emboscada. Tenía clarísimo cómo iba a terminar aquello. En efecto, a la mañana siguiente, Teo fue alardeando ante sus amigos, algunos de ellos periodistas, de que se había ligado a la chica de moda. El rumor corrió como la pólvora hasta que dos semanas más tarde estaba en la portada del *¡Hola!* y de *Paris Match*. Recogían algunas declaraciones de Teo en las que, para hacerse el interesante, mezclaba silencios con comentarios grotescos y estúpidos sobre su intimidad.

Al leerlo, me quedé anonadada. Cómo se podía ser tan cínico y, sobre todo, tan gilipollas. Y yo creyendo que era un buen tipo. Lo que no sabía Teo era que Juliana tenía pareja y que, aunque tuviera cara de no haber roto un plato, para esos asuntos tenía más tablas que él.

Juliana mandó un comunicado a los medios reconociendo que había pasado una noche fantástica con un chico encantador del que ya no recordaba el nombre. Añadía que el sexo con él no había estado mal, pero que seguía prefiriendo a las mujeres y en particular, a su novia.

Fin de la historia. Así se acaba con tanto Teo, con tanto indiscreto fanfarrón que hay en este mundillo. Esperaba que alguno más de los de su especie hubiera tomado nota.

Para salir en la portada de una revista acompañado de una mujer que confía en ti, primero hay que demostrar ser un caballero; después, un hombre, y por último, aunque igual de importante, no ser un hijo de puta.

Esa misma noche en Ibiza, yo también conocí a alguien. Narciso. Se me acercó durante los desfiles. Era el directivo de una firma que estaba empezando a hacerse un hueco en el sector. Fuerte, alto y con cara de niño. Más o menos de mi edad. Fue agradable. Volví a encontrarlo en el bar del hotel y charlamos un rato sobre la profesión y sobre nuestras vidas. Era muy educado y, por lo que me contó, estaba bien posicionado.

La verdad es que no le hice mucho caso, pero de regreso en Madrid, me llamó de nuevo y acepté su invitación a cenar. Definitivamente, era un hombre encantador pero... Quizá en otras circunstancias, en otro momento de mi vida, hubiera estado más interesada en ver dónde acababa aquello. Sin embargo, después de lo ocurrido con Juliana y mi experiencia con el cabrón de Marco, prefería no arriesgarme con desconocidos.

Quise poner distancia de seguridad, pero él insistía con mensajes y propuestas de escapadas veraniegas que me tentaban. Al final, me dejé llevar, aunque con precauciones. No esperaba nada más que algo de diversión y estaba preparada para salir corriendo si era necesario. Sin embargo, cada una de nuestras citas lograba que la afinidad entre nosotros aumentara. Había química, y no solo en la cama, donde hacíamos un gran equipo. Tenía un bonito culo, duro y respingón, con una peca negra que me hacía mucha gracia. Me excitaba su torso depilado y que me envolviera en sus brazos fuertes antes de besarme. Pero era su sonrisa, de dientes blancos y perfectos, la que derribaba todas mis defensas.

Me reía con él. Tenía unas salidas muy ocurrentes. No era muy detallista, más bien tenía un punto arisco y tacaño, pero sabía ser muy cariñoso. Me sentía querida. Sin embargo, mis alarmas saltaron durante un fin de semana que pasamos en un yate con algunos de sus amigos. No me agradó el ambiente. Además, me pareció que pasaba un examen con ellos y que nuestra relación podría depender de la nota con que me calificara su entorno. Fue muy incómodo.

Aquello me hizo darme cuenta de que era una personalidad muy influenciable. Entonces entendí por qué. Según me contó, se dejó barba un tiempo para parecer mayor solo por consejo de su abogado y que bastaba un simple comentario por mi parte imaginando cómo estaría sin ella para que se la afeitara.

Ese tipo de detalles y, sobre todo, los entornos dicen mucho de una persona. Te revelan sus afinidades. Descubren su zona de confort, y si sientes que no encajas ahí, la relación tiene poco futuro. No quise arriesgarme más y decidí dejarlo estar. Me quedé con lo positivo: Narciso había logrado que ese verano fuera aún mejor de lo esperado y que pasara volando. Pero no me importó que acabara porque en Madrid me esperaban excitantes desafíos.

13

Septiembre sigue siendo mi mes favorito del año. El recuerdo de mamá está más presente que nunca y precisamente eso me invita a vivir con más fuerza para homenajear a los que se han ido y disfrutar de los que están a mi lado. Las últimas semanas del verano siempre me han parecido un tiempo de reencuentro que me apetece culminar con mi fiesta de cumpleaños.

Además, Madrid está fantástico en esa época, repleto de actos sociales que aprovechan el final del buen tiempo. Para registrarlos, cada septiembre compro una agenda nueva, como hice aquel día en que mamá se moría. Mi primera anotación desde entonces es en el 11 de septiembre: «Te quiero». Dejar escritos los sentimientos crea compromiso y permanencia.

Soy tremendamente organizada. Lo anoto todo. Cada domingo hago un resumen de la semana. Me gusta poner en cada página *post-its* con comentarios, advertencias y prioridades que consulto al comienzo del día. Supongo que soy una friqui del control, pero es que tengo tantas cosas en la cabeza que si no fuera disciplinada, viviría en el caos.

El mismo día que compré la nueva agenda ya tenía varias páginas llenas. Subrayé en rojo una subasta que se celebraría a comienzos de octubre en la embajada francesa y la llega de Lou a Madrid en las mismas fechas para comenzar con las producciones fotográficas de los *instagramers* elegidos.

De modo que septiembre venía intenso y enero estaba a la vuelta de la esquina. Nuestra exposición se iba a anunciar pronto y a mí me quedaba bastante trabajo por hacer. Contaba con seis perfiles confirmados. Todas mujeres. Estaba claro que necesitaba incorporar a un hombre. Los que me propuso Mafalda no me convencieron. Los candidatos que había encontrado yo, tampoco. El azar me proporcionó lo que buscaba.

Una noche de chicas junto a algunas amigas comenzó en el restaurante Amazónico y terminó en la sala Clamores para disfrutar de buena música en directo. Y allí coincidí con Pancho. Estaba en la mesa al lado de la nuestra con una mujer. Me había fijado en él porque al entrar me llamó la atención su *look*, una curiosa mezcla hortera y *cool* que le quedaba estupendamente: pelo teñido de rubio con mechas rosas; traje de chaqueta con solapas de terciopelo e interior forrado con tela de flores; mocasines de Christian Dior en piel de becerro pulida azul marino y las iniciales CD en el empeine; calcetines de Jimmy Lion con un atrevido y colorido estampado.

Una de mis amigas, al levantarse, le tiró la copa que estaba tomando. El líquido se derramó sobre su brazo. Yo era la única que tenía pañuelos de papel a mano para secarle. Y así comenzamos a charlar. Me presentó a su mujer, Gabriela, un encanto. Ella hablaba poco. Él, por los codos. Su personalidad era aplastante, arrolladora, carismática. Y además tenía un agudo sentido del humor. Ese día cumplía treinta y ocho años y lo estaba celebrando en pareja.

Me preguntó a qué me dedicaba.

—¡Estilista! Entonces, que nos hayamos encontrado es cosa del destino —me dijo tras responderle—. Yo soy diseñador y pintor. Creo atmósferas para que en ellas las personas puedan sentirse únicas y estilismos apropiados para esos mundos particulares.

—Así que somos colegas.

—Yo soy un simple artista aficionado. Aporto mi visión del mundo a través de las redes sociales. No me interesa hacer negocio con mis ideas. Solo compartirlas.

Le pedí su cuenta de Instagram y la eché un vistazo. Brutal. Era un *think tank* del estilo con infinitas propuestas sobre interiorismo, decoración, arte, viajes y moda para hombres con una personalidad marcada, como él. Contaba con poco más de diez mil seguidores, pero muy activos. Había construido una comunidad creativa y viva.

Por supuesto, quise saber más de su vida. Pancho vivía de las rentas. Un niño bien de familia rica en la que todo estaba permitido menos trabajar. Sus años de infancia fueron complicados. Era un chico solitario y rarito para sus compañeros, que se burlaban a menudo de él.

Desde siempre había sentido inclinación por el arte, aunque no sabía muy bien en qué centrar su talento. Siendo adolescente, se presentó a un concurso de pintura en su instituto y lo ganó. Cuando recibió el premio delante de todo su curso, algunos de sus compañeros empezaron a mofarse por el surrealismo de lo que había pintado. Uno de ellos le tiró una bolsa de harina a la cara. Todos se rieron. Uno de los niños que más daño le hizo es hoy un político reconocido.

—Cuando lo vi en televisión por primera vez hablando de la religión, de la importancia de la educación, de la honestidad y del respeto, no pude contenerme y le grité al aparato: «Hijo de puta. ¿Ahora vas de buena persona?». Tantos años traumatizado por un tipejo que era un pamplinas —recordó riéndose.

Lo cierto es que aquel episodio le marcó para siempre. No quiso volver a pintar hasta muchos años después. Pero necesitaba dar rienda suelta a su creatividad, de modo que comenzó a hacer sus pinitos en la interpretación. Nada serio: actuaciones con grupos de teatro *amateurs* en actos benéficos o jornadas culturales en pequeños pueblos.

En esa época empezaron sus escarceos con las drogas. La adicción le trastornó. Su familia conocía sus problemas, pero miraron para otro lado mientras los mantuviera ocultos.

—Fue esta mujer de aquí la que me salvó —dijo abrazando a Gabriela—. Ya llevamos diez años juntos y la adoro como el primer día. Ella me centró y me animó a mostrar en las redes sociales todo lo que producía en mi cabeza. Así que eso que ves en Instagram es lo que soy.

—Pues tienes razón. Creo que este encuentro es cosa del destino porque estaba buscando a alguien como tú para un proyecto maravilloso.

Y le expliqué en lo que andaba.

Esa noche, cuando nos despedimos, Pancho se había convertido en el séptimo perfil seleccionado para la exposición.

Quería rematar la propuesta con un octavo *instagramer*. Me parecía el número apropiado: el proyecto comenzó a gestarse en 2018 y se inauguraría un 8 de enero. Tenía decidido que fuera un diseñador o diseñadora que hubiera llegado a una firma de prestigio gracias a su actividad en las redes.

Lucrecia encajaba a la perfección en lo que buscaba. Los organizadores de un congreso al que asistí sobre *upcycling* en la moda (reutilización de los tejidos para crear nuevas prendas) me recomendaron seguir su ponencia. Me impresionaron su pasión y su trayectoria, que luego fui conociendo más en profundidad. Era un fabuloso ejemplo de gestión del *marketing* digital que la había posicionado como referencia de la sostenibilidad en el sector. En ese momento, con solo treinta y seis años, estaba al frente de una de las marcas de ropa fabricada con materiales reciclados que más vendía en el mundo.

Al finalizar la ponencia, charlé un rato con ella y quedamos para vernos al día siguiente en su oficina. Antes de acudir a la cita, me informé más sobre ella. Lucrecia era la pequeña de cinco hermanos de una familia catalana que se había dedicado toda la vida al textil. Nació entre retales y desde muy joven se interesó por conocer en profundidad el negocio de sus padres: las características de los tejidos, la calidad de los tintes, las hilaturas, las máquinas con las que se fabricaban... Le encantaba todo lo relacionado con la moda. En cuanto terminó sus estudios de Economía, quiso aplicar en la empresa familiar un plan para aumentar la productividad utilizando menos agua y energía.

Sin embargo, la crisis en el sector nacional ya estaba golpeando fuerte. Era muy difícil competir con el *low cost* que llegaba desde China o Turquía, donde la mano de obra barata alimentaba una forma voraz de consumo: el *ready to go* y el *fast fashion* se impusieron en un mercado que se ha acostumbrado a exigir continuas novedades.

Las grandes marcas se adaptaron rápidamente a esa demanda presentando hasta cincuenta colecciones por temporada, algo impensable pocos años antes. Ahora crean sus propias tendencias, pero también analizan las que circulan por las redes sociales y, ya sabiendo lo que puede funcionar, lanzan sus propuestas a precios económicos.

Nunca se había acumulado tanta ropa en los armarios, modelos que se olvidan al mes siguiente para seguir comprando. Este consumismo acelerado tiene un enorme impacto en los recursos naturales y genera millones de toneladas de desechos químicos y de gases nocivos. Tanto es así que la industria de la moda es una de las más contaminantes del mundo.

—¿Sabes que se necesitan 2.700 litros de agua para fabricar una camiseta de algodón y que el 30 por ciento de la ropa que se produce acaba convertida en residuos? —me explicó Lucrecia mientras tomábamos un té en su despacho—. No podemos continuar así. Hay que exigir responsabilidad a las marcas y también a los consumidores.

—Tienes razón. Todos somos responsables. Y eso ya se está notando en la industria. Ahora todas las firmas están comprometidas con la sostenibilidad.

—Entre decirlo y hacerlo hay un trecho muy grande. Pero es verdad que se está avanzando.

Sí, se está avanzando gracias a activistas como Lucrecia, quien entendió pronto el camino que debía tomar la industria. Por eso, cuando la empresa familiar terminó cerrando, creó su propia marca que popularizó en Instagram con un enorme éxito. Se basaba en los valores de la artesanía y el comercio justo, y solo trabajaba con fábricas que hubieran asumido el compromiso Zero Waste (cero residuos).

Más tarde se asoció con la firma de ropa sostenible de la que en ese momento era directora general. Pero además, seguía promocionando desde su cuenta de Instagram, con casi treinta mil seguidores, un consumo ético y responsable, ofreciendo información sobre nuevas técnicas de fabricación y reciclaje, y denunciando las prácticas de algunas marcas poco comprometidas con los objetivos de sostenibilidad.

Estuvimos hablando horas. Era fantástica.

—Tienes que formar parte de la exposición. No puedes decirme que no —le supliqué. Al principio de la conversación le había explicado por encima el proyecto y se mostró un poco reacia. Al insistirle y comentarle mi propósito de ofrecer una mirada honesta, humana y social del universo Instagram a través de perfiles como el suyo, pareció algo más convencida.

—La verdad es que casi todo lo que he conseguido ha sido gracias a esa red social. En otras circunstancias, una persona anónima y crítica con la industria como yo difícilmente hubiera tenido visibilidad y menos aún presencia en los medios. De acuerdo, cuenta conmigo. Pero te advierto que no soy nada fotogénica. De hecho, apenas aparezco en mi cuenta de Instagram.

Pecaba de modesta. Tenía una belleza natural sin estridencias, como su estilo. Tez blanca, pelo rubio, pecas y unos pómulos muy marcados.

—El director creativo de la exposición es el mejor fotógrafo del mundo. Seguro que plasmará lo que te hace más atractiva: tu compromiso y tu pasión.

No solo la convencí, sino que me convertí en su estilista. Me comentó que a la semana siguiente iba a asistir a una cena de gala en la que una conocida firma presentaría sus objetivos de responsabilidad social. Habría un gran *photocall* y un posado para la revista de moda que patrocinaba el acto. Yo me ofrecí a ayudarla combinando para ella ropa y complementos de su marca.

—Es gracioso. Nunca había tenido estilista y en pocos días me han salido dos. Me llamó una tal Ofelia, no sé si la conoces. Parece ser que trabaja con esa firma y estaba muy interesada en hacer algo conmigo.

La Sapo aparecía dando saltos por un territorio donde no pensaba encontrármela. Este mundo es un pañuelo.

—¡Qué increíble casualidad! —le dije—. Ofelia es otra de las *instagramers* de la exposición. Es buena. Trabaja con muchos famosos.

—Ya. Pero, si te soy sincera, no me sentí muy cómoda con su oferta. Me dio la impresión de que su interés por la moda sostenible era pura apariencia y que me quería solo para demostrar a sus seguidores y a las firmas que estaba comprometida con el tema.

—Pues entonces, cuenta conmigo.

Lou llegó a Madrid el 1 de octubre. Había ido compartiendo con él todos mis avances. Se mostró encantado con mi selección. Estudió los perfiles y el *composite* de cada uno, y ya estaba trabajando en las producciones. La de Mariela la había terminado en Nueva York. Las demás, las realizaría en Madrid.

Nuestro encuentro fue, como siempre, tórrido y delicioso. Días para trabajar y noches para el champán y el sexo. Me instalé provisionalmente en el estudio que él había alquilado en el centro de la ciudad. Apenas nos movimos de allí en tres días.

Con el tiempo, nuestra relación de amantes clandestinos y eventuales había ido convirtiéndose en una amistad íntima, más afectuosa que alocada. Sentía la misma pasión por él, pero ya no ese amor desmesurado que me había llegado a provocar ansiedad, dolor y soledad cuando sus ausencias me decían que él no sentía la misma necesidad de estar juntos.

Por primera vez me di cuenta, en aquel estudio del barrio de Chueca, que Lou ya no ocupaba todo mi universo con su presencia. Estaba con él y también pensaba en alguien más. Una semana antes, Narciso me había mandado por mi cuarenta y cinco cumpleaños cuarenta y cinco rosas y una carta de amor.

> Mi querida Frida:
>
> Ya sabes que soy parco en palabras, pero hay veces que estas sobran. He sido un tonto por dejarme influir por una panda de cotillas que lo único que pretenden es meterse en mi vida. He seguido el consejo que me diste el día que te alejaste de mí: «Tu vida es solo tuya. No permitas que nadie te controle ni que la vivan por ti».
>
> Mi rubia preferida, tienes toda la razón del mundo. Hacíamos un gran equipo y si aún piensas que puede existir algo

entre nosotros, dejémonos de tonterías y vayamos a comernos el mundo.

Te quiero.

Narciso

No sabía si quería comerme el mundo con él pero, al menos, me apetecía darle un buen bocado. Le llamé y nos vimos. Fue una reconciliación electrizante. Eso hizo que cuando luego estuve con Lou, me acordara de él. Y lo increíblemente divertido es que Narciso había sido invitado, como Lou, a la subasta benéfica que tendría lugar el 4 de octubre en la embajada de Francia. Iba a ser una reunión de lo más excitante, casi morbosa.

En octubre, los diseñadores ya han presentado colección, con lo cual están más relajados. A partir de ahí, los departamentos de comunicación de las firmas permanecen atentos a eventos como el de la embajada francesa para que sus modistos vistan a mujeres conocidas que vayan a posar en esos *photocalls*. El impacto de sus estilismos en los medios y en las redes sirve para promocionar las colecciones y afianza el protagonismo de las principales casas. Por tanto, era previsible que por los jardines de la embajada se viera a lo más selecto de la sociedad madrileña.

La subasta estaba patrocinada por una conocida revista y organizada por Sotheby's. Yo había trabajado para las dos empresas, de manera que ya hacía tiempo que había recibido mi invitación. Primero pensé en ir del brazo de

Lou. Luego, acompañada de Narciso. Finalmente, decidí acudir con mi amiga Sofía.

Sofía acababa de separarse. El divorcio fue difícil. Su marido, conocido director de un fondo de inversiones, no encajó bien el final de su historia. Ella le dejó porque el cariño como triste rescoldo de lo que fue amor no le servía para mantener unido el matrimonio. Tras quince años casados y una vida centrada únicamente en sus cuatro niños, su día a día se había limitado a intentar no sentirse como parte de la decoración de la casa.

Demasiado a menudo, el tiempo cubre de hojas muertas las parejas y si eso ocurre, nada tan fácil y tan dañino como conformarse y no esperar nada más del amor. No se puede renunciar a ser feliz o, al menos, se tiene que intentar no ser infeliz y a veces eso se consigue estando sola. Es una lección que aprendí de otra amiga a la que llamé una vez a las tantas de la madrugada sintiéndome mal, abandonada. Tal vez fuera por Lou. La verdad es que ya no lo recuerdo. «Frida, ¿prefieres estar sola y llorarle a una amiga por teléfono o llorar por estar con quien no deberías?», me preguntó. No tuve que pensarlo mucho. Sin duda, mucho peor que la soledad es una mala compañía. Esa reflexión me ha ayudado cada vez que me he sentido frustrada porque una relación no responde a mis expectativas. Lou, Ju, Flopi entrarían en esa categoría y algo me decía que, tarde o temprano, también Narciso lo haría. Pero estaba preparada, así que no tenía miedo de probar y disfrutar de lo bueno que me aportaran.

Sofía estaba aprendiendo a estar sola siendo madre y padre de familia numerosa porque con el divorcio, el ex parecía haber renunciado a muchas de sus responsabilidades paternas, probablemente por despecho, la misma razón que le llevó a disputarle hasta el último céntimo de los bienes conyugales.

Mi amiga estaba hecha polvo, de modo que una noche de risas y labios rojos le vendría bien. Yo me encargué de vestirla. Tenía unas piernas de escándalo y una cintura de avispa, así que escogí una falda de talle alto y abertura en el centro para que luciera esas cualidades. La diseñadora de esa increíble pieza era la colombiana Silvia Tcherassi. Para completar el *look*, añadí una camiseta blanca de cuello redondo talla S para que se le marcaran sus perfectos pechos e hiciera contraste con el negro de la falda. Sobre los hombros, un *blazer* también negro. *Clutch* de Bulgari y pendientes de Flor Amazona. Sandalias de Jimmy Choo y manicura color granate tanto para manos como para pies. La verdad es que la había vestido como si fuese yo. Lo de compartir armarios me gusta.

Estaba guapísima y, lo más importante, se sentía poderosa y animada.

Para mí, elegí un *blazer* y un pantalón pitillo en negro. Debajo solo llevaba un conjunto de La Perla y unas gotas de perfume. Mis *stilettos* de Louboutin estilizaban mis piernas y realzaban el culo. Bien. Me peiné con el pelo hacia atrás. Los ojos ahumados y los labios rojos al igual que mis uñas. El *clutch* era también de Bulgari. Los pendientes de esmeraldas verdes los había comprado a un artesano en mi último viaje a Colombia.

Hacíamos una pareja estupenda.

Bajamos del Cabify como si fuésemos dos estrellas de cine y Sofía posó junto a mí en el *photocall* como una auténtica *celebrity*. Algunos hombres se acercaron para saludarla, probablemente sin saber quién era, pero deseando conocerla. La observaba y me sentía feliz por ella y, al mismo tiempo, pensaba sobre lo triste que es vivir en una función de teatro: solo somos nosotros mismos cuando baja el telón. Unas horas antes, Sofía estaba llorando desconsolada porque no podía entender que su exmarido le pusiera las cosas tan difíciles. De cara a la galería, era una mujer guapa, recién separada y con un *look* de escándalo, pero en realidad se sentía fea, no tenía ni un duro y la ropa que llevaba era prestada.

Aunque había asistido a algunas fiestas parecidas a aquella por la posición de su marido en el mundo financiero, no era su entorno habitual y a menudo la tenía que rescatar porque la veía algo perdida. Además, era la primera vez que asistía a una subasta. Me dijo que tenía curiosidad, así que ocupó una de las sillas próximas al atril desde el que se dirigirían las pujas.

Justo en el momento en que se estaba subastando la pieza más icónica y la cifra propuesta ascendía a los 4.800 euros, Sofía divisó a un amigo al otro lado de la sala y lo saludó alzando la mano. El subastador vio el gesto, contó hasta tres y dio por finalizada la puja.

—Adjudicado a la bella dama de la chaqueta negra y la camiseta blanca.

Sofía se quedó muda. Al principio pensó que no se refería a ella, pero cuando los asistentes aplaudieron y la señora que estaba sentada a su lado la felicitó, empezó a hiperventilar. Una de las azafatas se dirigió a ella para pedirle los datos de su tarjeta de crédito. Hoy nos reímos a carcajadas recordando la anécdota, pero en aquel momento lo pasé mal viendo a mi amiga abochornada, intentando explicar la confusión y disculpándose por no poder hacer frente al pago. La cosa quedó en nada y la subasta se reinició entre sonrisas y comentarios divertidos.

Sofía se sintió incómoda el resto de la velada. Fue la última fiesta a la que acudiría en mucho tiempo. Para mí, sin embargo, la noche resultó tan excitante como preveía. Lou y yo nos habíamos limitado a saludarnos y lanzarnos un beso cuando nos vimos en el jardín de la embajada. Luego él se entregó a la adulación de sus muchos admiradores. Narciso, en cambio, se dedicó solo a mí.

—Te echaba de menos —me dijo al oído—. Así que ese es tu amigo secreto… —añadió señalando el corrillo en el que estaba Lou. Había sido clara con él. No quería malos entendidos o que se sintiera engañado.

—Sí, un buen amigo al que veo poco.

—Pues te aviso que soy muy competitivo. Siempre quiero ganar, aunque tenga que hacer trampas.

—¿Es una advertencia?

—No, es una declaración de intenciones. Pienso pelear por ti.

Avisé a Lou y a Narciso de que Sofía, un par de amigas y yo íbamos a rematar la noche en el Válgame Dios, un local de Chueca que tiempo atrás frecuentaba. Los dos respondieron que nos acompañarían.

La última vez que había estado de copas allí fue tras el funeral de mamá. Compré tres botellas de vodka y mis hermanos y algunos primos nos las bebimos a su salud. Al día siguiente, la resaca fue tan tremenda que cuando mi hermano llegó a casa con la urna de las cenizas, pensaba que estaba soñando y tuve que marcar el teléfono de nuestra madre para comprobar que ella no respondía.

Nuestro grupo ya llevaba un par de copas y muchas risas cuando apareció Narciso y, a los pocos minutos, Lou. Los presenté. Mi viejo amante se mostró indiferente. Lo nuestro era una relación abierta desde siempre, de modo que no había tensión por ese lado. Mi nueva conquista parecía más bien expectante.

Continuó el buen rollo y las conversaciones cruzadas a pesar de que la música estaba demasiado alta para oírnos bien. Estábamos sentados alrededor de una mesa baja. Lou y yo en un sofá. Narciso enfrente, al lado de Sofía, que hacía equilibrios sobre un taburete. Y de pronto, Lou me cogió la mano y me la puso en su muslo, cerca de su entrepierna. Sabía perfectamente por dónde iba. Nos provocaba. Supuse que le divertía la situación. No le aparté la mano. Me daba morbo.

Sofía, que conocía ambas historias, se quedó flipada. Se echó para atrás no sé si para levantarse o para ver mejor la reacción de Narciso. El alcohol ayudó a que perdiera el equilibrio y se fuera de espaldas contra el suelo. Se quedó allí tumbada con el culo al aire, las tetas en la cara y la camiseta mojada por la copa que sostenía. Narciso y Lou se apresuraron a ayudarla. Mientras, yo literalmente me moría de risa.

Sofía me miró y también le dio por reír. Narciso pidió al camarero otra ronda y todos brindamos. Un rato después, Lou me dijo que se marchaba.

—¿Vienes? —me preguntó.

—Creo que esta vez no. Pero mañana cuenta conmigo para seguir trabajando.

—Eso espero.

Se quedó un rato en silencio observándome con una media sonrisa. Me dio un beso en la mejilla, estrechó la mano de Narciso y se fue. Nunca me había sentido tan dueña de mí misma. Mi proceso de transición se completaba. Solo yo sostenía las riendas de mi vida.

Esa noche la pasé con Narciso. Unas semanas después organizábamos nuestro primer viaje juntos a la nieve. Reservamos unos días en las estación de Mayrhofen, en los Alpes austriacos. La relación se había hecho estrecha. Disfrutábamos del sexo como adolescentes. El primer día de esquí, solos en la cabina del teleférico que nos subía a las pistas, me bajó los pantalones y me empotró por detrás. La reacción me excitó, pero también me puso muy nerviosa pensando que nos podían encontrar así al llegar arriba.

Me dejé llevar. Sus embestidas hacían que golpeara con el casco en la ventana. Fue un polvo rápido, ni mucho menos el mejor de mi vida, no me corrí por la tensión, pero me demostró que estaba dispuesta a probarlo todo y eso me hacía sentir bien.

Sin embargo, Narciso se empeñó después en estropear ese buen comienzo del viaje. Yo ya había comprobado que a menudo no sabía medir las consecuencias de sus actos, más por inconsciencia que por maldad, pero el caso era que terminaba por comportarse como un maleducado.

El segundo día en Mayrhofen, Narciso se empeñó en bajar la pista Harakiri, una de las más difíciles del mundo, aunque sabía que yo tenía vértigo y que mi nivel como esquiadora no se aproximaba ni mucho menos al suyo. Al poco de iniciar el descenso, me entró pánico y me quedé paralizada. No podía volver a subir, pero tampoco bajar sola. Y él, en lugar de aconsejarme y darme seguridad, siguió esquiando, a la suyo, mientras yo me desgañitaba pidiéndole ayuda.

Unos chicos que me vieron allí parada me dijeron que ellos se quedaban a mi lado para echarme una mano en el descenso. Me recompuse, bajé el culo y llegué al final de la pista. Narciso estaba allí, con los esquíes en la mano, esperando, sonriente.

—¿Qué te ha parecido?

—Me parece que eres un gilipollas.

Aquello no fue una gran decepción porque seguía decidida a no ilusionarme con ningún hombre, pero la situación me hizo ver con claridad que en el caso de que Narciso continuara en mi vida, no sería en una relación convencional. Yo sacaría de él lo que me interesaba: distracción, compañía divertida y buen sexo. Él, desde luego, no obtendría más que eso. Se lo dije al llegar al hotel.

—Has sido ruin. Nada caballeroso...

—Espera...

—No. Espera tú. Sé que te cuesta callar y escuchar, pero esta vez lo vas a hacer. No te pido nada especial. No te pido amor ni exclusividad. Solo te pido respeto. Si estás dispuesto a dármelo, perfecto. Eso sí, cada uno continuará con su vida, sin dependencias ni exigencias, y nos seguiremos viendo, y nos llevaremos bien. Incluso muy bien. Pero si no eres capaz de comportarte como un hombre y aceptas el acuerdo, te pido que cuando regresemos a Madrid no vuelvas a llamarme.

Fue mano de santo. Encajó el golpe, pidió perdón y, aunque a regañadientes, accedió a mantener una relación en la que cada uno continuaría volando solo en su propio mundo. Yo, con mis viajes, mis proyectos y mis íntimos. Él, con su trabajo directivo, sus timbas de póker cada martes y con ese círculo de amigos del que continuaba dependiendo tanto.

Fue una grata sorpresa que se adaptara bien a esa relación tan poco convencional para él. Ha aprendido a mantener la distancia cuando es preciso, a dar espacio sin preguntas ni recriminaciones. Eso sí, ahora, cuando nos encontramos, cuando hacemos una escapada juntos o quedamos porque nos echamos de menos, siempre resulta fantástico. Ninguno de los dos es perfecto, pero hemos hecho que nuestro vínculo casi lo sea.

14

Me parece que la Navidad le sienta especialmente bien a Madrid. O tal vez es que miro la ciudad siempre con buenos ojos. Mientras una tarde paseaba viendo las luces con mis sobrinos, pensé en lo rápido que se me había pasado 2019. No sabía decir por qué, pero presentía que 2020 vendría con más cambios para mí, por si no había vivido pocos. No me asustaba ya nada. Al contrario, deseaba enfrentarme a cualquier nuevo desafío para ponerme a prueba. El primero, desde luego, estaba en Nueva York y tenía fecha: el 8 de enero.

Hacía un par de meses que Lou estaba trabajando en los retratos. La realidad frente a la irrealidad de las redes. Lo que había conseguido era magnífico y las historias que acompañaban a ese recorrido visual y psicológico construían un universo descarnado exento de *photoshop*, de *likes* y de poses artificiales. En la mayoría de los perfiles, la muestra generaba un particular contraste con lo que los seguidores más apreciaban en ellos. Habíamos logrado un alegato a favor de la imperfección.

Estábamos a punto de descubrir el resultado de tanto esfuerzo e ilusión. Lou lo dirigía todo desde Manhattan. Yo le ayudaba todavía desde Madrid con la logística y la preparación del acto inaugural. La diferencia horaria me costó muchas noches sin dormir. Eso hizo que apenas disfrutase de las fiestas. Pasé la Nochebuena y el día de Navidad con mi familia, como siempre. Recibí una llamada desde París muy cariñosa y también muy erótica de Ju. Quedé con Flopi para corrernos una juerga y la Nochevieja la disfruté con Narciso. No hubo mucha fiesta porque el mismo día de Año Nuevo cogía un avión para Nueva York. Me hubiera apetecido que mi más reciente conquista me acompañara en ese viaje, pero no se lo propuse porque aunque las cosas entre nosotros estaban claras, no quise volver a juntar universos que debían permanecer paralelos.

Llegué al aeropuerto JFK a primera hora de la tarde. De nuevo había aprovechado el vuelo para seguir alimentando a «La estilista» con mis recientes aventuras de corazón y cama. El siguiente capítulo lo dedicaría a mi visita a la Gran Manzana.

Me fui directamente al hotel donde la secretaria de Lou me había reservado una habitación. Estaba próximo al lugar de la exposición. Me reuní allí con él. En esa ocasión solo hubo un beso de bienvenida. Enseguida comenzamos a supervisar lo que ya estaba listo y lo que quedaba por hacer. Luego Lou se fue porque tenía una cita. No me invitó a acompañarle. Tampoco hubiera podido, porque estaba agotada.

Al día siguiente, me sumergí en la vorágine de los preparativos. Trabajar en Estados Unidos tiene sus particularidades. No son demasiado flexibles, más bien poco dados a improvisar soluciones de emergencia. En cambio, la oficina que Lou había montado funcionaba como un reloj suizo a la hora de enviar la información requerida y atender mis demandas relacionadas con la decoración del espacio de exhibición.

La sala se ubicaba en un edificio vanguardista en pleno corazón del Soho. No podía imaginar un mejor lugar. En el entorno se respiraba el ambiente bohemio que yo había conocido veinte años atrás, con sus calles adoquinadas y sus locales alternativos que eran el punto de encuentro de modernos y artistas.

Di a la decoración un aire posindustrial que encajaba con el entorno virtual de las redes y, al tiempo, aporté colores cálidos para conjugarlo con la naturaleza personal y humana de la muestra.

Y llegó la inauguración. Juliana había viajado a Nueva York desde París un par de días antes. Me había prometido asistir y lo cumplió a pesar de que su agenda era una locura. Mariela aterrizó ese mismo día desde Rochester, discreta y tímida. Los *instagramers* españoles llegaron el día anterior. Algunos, haciéndose notar.

Blue Moon había perdido diez kilos. Se puso a dieta al ver que en las fotos de Lou no había retoques adelgazantes y nada más llegar a Manhattan comenzó a publicar fotografías en las que con poca ropa, a pesar del frío invernal, presumía de nueva figura. En sus publicaciones mintió diciendo que algunos desarreglos hormonales le habían hecho coger peso, pero que el problema ya estaba superado. Probablemente, ya ni recordaba el significado de la palabra honestidad.

Ofelia, La Sapo, exigió volar en primera clase y armó un pollo nada más aterrizar porque su maleta se extravió exactamente durante los quince minutos que tardó en darse cuenta de que había salido por otra cinta de entrega de equipajes. También dio la nota cuando intentó tirarse a Lou en España durante la sesión de fotos, supongo que por placer y por interés: acostarse con un fotógrafo tan afamado era una oportunidad para seguir trepando. Pinchó en hueso. Por muchos retoques que se hubiera hecho, de cerca valía muy poco. ¿Semejante bicho comiéndose a Lou? No, por favor...

Constanza impactó a todos por su sonrisa y naturalidad. Pampi, por su estilismo sexi y divertido que mezclaba cuero y transparencias, y que adornaba con sus formas desinhibidas y su desparpajo al hablar. Pancho hizo honor a su imagen de dandi alternativo. Y Lucrecia estaba más guapa que nunca. Nada más llegar tuvo una reunión con la principal asociación norteamericana que promovía el reciclaje en la moda y una entrevista con un canal hispano que estaba haciendo un reportaje sobre el tema.

Verlos a todos en Nueva York fue emocionante. Después de tantos meses de trabajo, allí estaba mi pequeña comunidad de *instagramers*, odiados y admirados, pero cada uno de ellos aportando una mirada única y reveladora sobre su mundo real y virtual. Presentía una noche grandiosa y una gran repercusión de la muestra en los medios y entre el público. Y yo estaba entusiasmada por ser parte fundamental de todo ello.

El día de la inauguración estuve toda la mañana supervisando hasta el último detalle: *catering*, orden de salida de los camareros, horario de apertura, logística para presentar a cada uno de los *influencers*, la iluminación para las fotos y la última comprobación de la lista de invitados.

Luego me reuní con los *instagramers* en el bar del hotel The Standard, donde los ocho se alojaban. Quería explicarles cómo había organizado el *photocall* y las entrevistas con la prensa. Al entrar en el *hall* recordé aquel increíble polvo en sus baños panorámicos con el amigo de Flopi; los rascacielos de la Gran Manzana como telón de fondo. Desde luego, había sido uno de los mejores de mi vida, al nivel del que disfruté con Lou el día del funeral de mamá. Tuve la tentación de repetir la experiencia. Me imaginé allí con Lou. Y luego, con Narciso.

Al regresar a mi hotel ya por la tarde para vestirme, esa fantasía morbosa continuaba rondando por mi cabeza. Busqué en la maleta el estuche en el que guardaba el Satisfyer. Lo llevo siempre conmigo en los viajes. Una debe ser autosuficiente en cualquier circunstancia. Además, ayuda a liberar la tensión del trabajo.

Pulse el botón de encendido. Nada. Una, dos, tres veces... No funcionaba. Estaba como una moto y mi aparato, sin batería. Cogí el cargador. Miré el reloj. No tenía ni paciencia ni tiempo para esperar. Y entonces pensé hasta qué punto absurdo habíamos llegado a depender de la tecnología. Devolví el vibrador al estuche y me entregué al placer de las viejas tradiciones.

Para el gran evento había elegido un vestido negro ajustado y largo, por debajo de la rodilla, de escote pronunciado. Como calzado, una botas mosquetero con un tremendo taconazo que me hacían un culo estupendo. Por debajo, medias tupidas y un sujetador que resaltaba el pecho para que luciera en el escote. No me puse tanga porque se marcaba. Además, me encanta ir sin bragas. Me resulta sexi.

Unas gotas de perfume tras el ovalo de las orejas, en el pecho y en las muñecas. Los labios rojos a juego con la manicura. Los ojos, ahumados. El pelo engominado peinado hacia atrás. Me miré en el espejo. Estaba guapa. Me sentía guapa. Y poderosa. Y satisfecha por todo lo que representaba esa noche para mí.

Cuando llegué a la sala de la exposición, una hora antes de la apertura, el efecto relajante de mi orgasmo solitario había desaparecido. Era un manojo de nervios. Apenas me tranquilizó comprobar que el equipo de producción lo tenía todo perfectamente organizado. Lou, con un traje de Armani que le sentaba de fábula, charlaba despreocupado con la representante que había enviado Instagram al evento, una joven morena muy de su gusto. Un año antes me hubiera muerto de celos. En ese momento, pensé que tenía cosas mucho más importantes de las que preocuparme.

La alfombra roja, en esa ocasión tornasolada para que recordara al logo de Instagram, fue recibiendo a las *celebrities* neoyorkinas, todas admiradoras de Lou. El *photocall* las hizo brillar frente a una densa nube de fotógrafos. De la zona fan también llegaban los fogonazos de los *flashes* cada vez que una modelo o un actor conocido se acercaba a saludar.

Los últimos en llegar fueron los *instagramers* participantes. Juliana, por supuesto, estaba deslumbrante con un precioso vestido azul de Andrés Sardá. Ella acaparó todo el protagonismo, eclipsando a los demás. Sus compañeros expresaban muy bien sus personalidades a través de los estilismos elegidos. Todos me gustaron, con excepción del de Ofelia. No pongo en duda su habilidad y gusto para vestir a otros, pero no parece que sepa aplicar esas virtudes en ella. Iba con un vestido mini ceñido al cuerpo y a la tripa, que se adivinaba flácida. Las mangas abullonadas la hacían parecer un murciélago con sobrepeso. Debo reconocer que tampoco la miraba con buenos ojos.

Ya dentro, Lou llevó a cabo la presentación. Yo estaba a su lado y me dedicó unas palabras muy cariñosas. «Frida es quien realmente ha hecho posible este proyecto», dijo mientras me cogía de la mano. Hubo otros agradecimientos y brindis. Y casi sin darme cuenta, acabó el acto entre felicitaciones y despedidas afectuosas. El trabajo de meses concentrado en un par de horas.

Todos fuimos a celebrarlo después a un local alternativo del Soho. Bueno, no todos. Lou había desaparecido. Sospechaba que junto a la morena de Instagram.

Al día siguiente, las críticas fueron increíbles. El *New York Times* abría la sección de Cultura de su edición *online* con la crónica de la exposición bajo un titular admirativo: *Talent Behind Social Media*. Otros medios recogían también el evento y animaban a visitar la exhibición. Instagram ardió con muchísimos comentarios positivos.

Los *instagramers* estaban emocionados. Para Juliana, la exposición fue otra simple prueba de su categoría de estrella.

—Amiga, nos vemos pronto. Sabes que ya no puedo pasar sin ti —me dijo antes de coger un avión a Los Ángeles para comenzar una nueva película.

—¿Me invitarás a los Oscar cuando te nominen? —le pregunté divertida.

—Si ocurre, no lo dudes.

Para los demás participantes, el éxito de nuestro proyecto supuso un extraordinario golpe de efecto que pudo medirse por el asombroso incremento de sus seguidores y por el número de entrevistas que concedieron ya convertidos en reconocidos expertos de la moda y las redes. Con Pampi, Pancho y Lucrecia sigo en contacto y quedamos a menudo. A Constanza la veo menos porque se mudó a Barcelona con un nuevo amor. Blue Moon y Ofelia pasaron pronto de mí, y yo de ellas.

Regresé a Madrid en un vuelo diferente al de los otros. Lo preferí así. Me apetecía reflexionar en silencio durante las ocho horas de viaje. Y escribir. Necesitaba contar a «La estilista» que estaba exultante. Que sentía cómo había crecido a cada paso que había dado en los últimos meses. Que iba a seguir caminando en las alturas, sin red, preparada para caer si era preciso, incorporando el dolor en mi equipaje, pero sabiendo que siempre hallaría un destino feliz para mí.

Narciso me recogió en el aeropuerto. Yo se lo pedí. A pesar del *jet lag*, me apetecía hacerle el amor como una loca.

15

11 de septiembre de 2020, Marrakech.

Caía la tarde y estaba tomando un té helado en la terraza del hotel Royal Mansour, donde mi amiga Mafalda y yo nos alojábamos. Habíamos llegado hacía una semana para disfrutar de nuestra primera escapada al extranjero desde que empezó la pandemia. Meses tristes, pero provechosos para mí. Utilicé mi reclusión para terminar el libro. Ese viaje era, sobre todo, la celebración de su final. Pero no solo. En ese tiempo Narciso y yo nos habíamos distanciado. Le mandé un mensaje antes de salir. Vi que estaba en línea... Esperé unos minutos. No hubo contestación.

Nada más aterrizar en el aeropuerto de Menara, comenzó el programa de lujo extremo. No habíamos reparado en gastos. Nos recogió un Bentley conducido por un hombre que no desentonaba en absoluto con el envoltorio.

Nuestra *suite* era tres veces mi casa. Lo más parecido a un escenario de *Las mil y una noches*. Teníamos contratados varios tratamientos en el *spa* y las comidas y las cenas se repartirían entre una selección de los mejores restaurantes de Marrakech. Estaban siendo unos días deliciosos de paseos, compras y ratos de lectura junto a la piscina. Pero ya se acababan. Al día siguiente regresábamos a Madrid. Ese té que tomábamos en la terraza era el preludio de una última noche que habíamos planeado que fuera muy loca.

—¿Ya sabes lo que te vas a poner?

—Algo sexi —dije a Mafalda.

—Bien.

Nos vestimos las dos de negro. *Blazer* y pantalón. Labios, como siempre, rojos. Mucho oro y una actitud de comernos el mundo. Un coche nos dejó en Le Marocain, mi restaurante preferido del hotel La Mamounia. La cena fue deliciosa y la terminamos con champán en la terraza del maravilloso jardín del hotel.

—Hoy hace cuatro años que murió mamá —dije.

—Lo sé.

—La echo de menos. Pero ya no me duele tanto recordarla porque ahora siento más que nunca su amor. Y el amor no puede doler.

—Brindo por ella.

—Sí, mamá. Brindo por ti. —Y alcé mi copa al cielo raso y estrellado.

En ese momento apareció un camarero.

—Dos señores preguntan por ustedes. Les esperan en recepción.

Miré a Mafalda.

—¿Dos señores? ¿Quiénes?

Allí estaba Narciso, acompañado de un amigo, con su particular sonrisa y un ramo de rosas blancas.

—No puedo creerlo...

—Pues créetelo. Dijimos que tenía que ser una noche especial, ¿no?

Mafalda se levantó y se encaminó a la entrada.

—Vamos... —me animó.

Miré otra vez al cielo.

—Mamá, me esperan. Te quiero mucho.

Di un último trago de champán y dejé que los ecos de mis Louboutin anunciaran un nuevo capítulo de mi vida.

La agenda de la estilista

Soy una privilegiada. Me he pasado la mitad de mi vida recorriendo el mundo, acaparando experiencias y disfrutando de lugares que ya forman parte de mí, exclusivos algunos, deliciosos otros, fascinantes la mayoría. Casi en cada viaje he realizado un hallazgo que sumar a mi agenda personal, donde reúno mis favoritos, a los que regreso siempre que puedo. Es una agenda que perfectamente podría haber preparado Frida, el personaje de mi novela (compartimos gustos y tendencias), aunque en esta ocasión he preferido ser yo quien tomara la palabra para compartirla con vosotros.

En la siguiente selección encontraréis esos lugares imprescindibles para viajar con estilo a través de las ciudades que más me hacen vibrar. Mi intención es que sirva de mapa para saborear en ellas las zonas donde palpita la moda, restaurantes y hoteles en los que la elegancia deja de ser una palabra para convertirse en una emoción, y emplazamientos que se grabarán para siempre en tu cámara y en tu mente, o en los que quizá, como le ha sucedido alguna vez a Frida, comiences una bonita historia de amor o un nuevo camino.

Feliz viaje.

PARÍS

La moda en la Ciudad de la Luz, donde viví un año y a donde he vuelto innumerables veces, no está solo en las pasarelas y en las *maisons*. Está en cada calle, en cada edificio, casi en cada parisino. Es inevitable pasearte por el lujo más extremo y clásico de las tiendas de la avenida Montaigne, de los Campos Elíseos o de Fauburg Saint-Honoré. Pero es igualmente imprescindible recorrer el barrio del Marais hasta el canal Saint-Martin, el área de las tendencias más novedosas y vanguardistas que se perciben en sus pequeñas tiendas, en las galerías de arte contemporáneo, en las abarrotadas terrazas de los cafés y en sus bares de cócteles.

DÓNDE ME GUSTA ALOJARME

Hotel Plaza Athénée (25 Avenue Montaigne). Este alojamiento de cinco estrellas, situado en la parte más lujosa de la ciudad, es una concentración de glamur y estilo. Más de mil novecientos geranios en flor visten su imponente fachada de rojo, haciendo juego con sus inconfundibles toldos. Irradia todo lo que significa la elegancia parisina. La mejor prueba de ello está en la octava planta, donde se encuentra la *suite* Eiffel, con unas vistas privilegiadas sobre la torre símbolo de la ciudad.

El *spa* está gestionado por el Dior Institute. Sus tratamientos de belleza son puro lujo para la piel. Le Bar del Plaza Athénée es conocido por sus cócteles y por su ambiente exclusivo. Frecuentado por modelos, actrices y gente guapa. Un lugar para ver y dejarse ver. Y si os gustan los dulces y tomar un café o un té, visitad la pastelería, en la que merece la pena probar su famosa tarta de manzana.

Tened en cuenta que vuestro estilismo es importante. No hace falta ir como un pincel, pero sí elegante, evitando demasiado folclorismo.

Hotel Lutetia (45 Boulevard Raspail). Otro icono parisino y uno de los más antiguos de la ciudad. Los dueños de la famosa tienda Le Bon Marché lo construyeron en 1910 en un precioso estilo modernista. Cuando estudiaba en París y mi padre venía a visitarme, me quedaba con él allí. Recuerdo sobre todo sus lámparas de Murano y sus inmensos baños de mármol, y también que en una ocasión coincidimos con la infanta Elena y Jaime de Marichalar, que poco después anunciaban su compromiso.

Hotel Costes (7 Rue de Castiglione). Ubicado en la zona más exclusiva de París, junto a las Tullerías. Tiene uno de los mejores restaurantes de la ciudad y su bar es perfecto para tomarse una copa y ligar. Suele haber hombres y mujeres muy *cool*, de modo que si estáis solteros, os lo recomiendo especialmente. Su decoración barroca y la luz tenue crea noches mágicas.

Tiene su propia floristería y una selección de música reconocida mundialmente. Son muy estrictos con la vestimenta así que escoged vuestras mejores galas. Eso no significa sacarlo todo del armario, sino simplemente saber combinarlo.

DÓNDE ME GUSTA COMER Y BEBER

Restaurante L'Avenue (41 Avenue Montaigne). Se encuentra apenas a unos metros del Plaza Athénée. Conseguir mesa, sobre todo al mediodía, puede resultar tan difícil como estar invitado a un desfile de la Paris Fashion Week, así que es mejor reservar con tiempo.

Hay muchas agencias de modelos alrededor y es un lugar frecuentado por los cazatalentos. Cuando trabajaba como directora del concurso Elite Model Look España, las reuniones con los altos directivos de la prestigiosa agencia Elite Paris solían finalizar en sus salones.

Es fácil distinguir allí a los turistas o a los visitantes improvisados. Los delata su estilismo. En la L'Avenue los códigos de vestuario de los clientes habituales están muy claros. Las prendas básicas mezcladas con un *blazer* es un *must*, y el negro y el azul marino son los colores fetiche. Menos es más. Los destellos en París se guardan para la noche.

Ladurée Paris Royale (16 Rue Royale). Es una repostería de lujo conocida por ser la creadora del macaron doble, un tradicional dulce francés hecho con almendras molidas, clara de huevo y azúcar glas. En su centro se oculta un relleno con sabores sofisticados. Los macarons del Ladurée, de pétalos de rosa, caramelo a la sal de mar, flor de naranjo, lavanda o bergamota son únicos y pueden resultar un delicioso regalo.

El local es encantador, perfecto para tomarse un chocolate caliente, un café o un té. En su salón color pistacho he escrito una parte del libro que tienes en las manos.

Café de Flore (172 Boulevard Saint-Germain). El barrio de Saint-Germain des Prés, donde se ubica este local mítico, tiene un carácter intelectual y bohemio. Lo frecuentaron pintores como Picasso, Soutine o Modigliani. Maravilloso el estilo *art decó* de su salón, donde predomina el rojo de los asientos. Siempre me ha gustado sentarme en su terraza para pasar revista a todo París. Muy cerca se halla otro café imprescindible, el Les Deux Magots. Ambos se encuentran próximos a la iglesia más antigua de París, Saint Germain des Prés.

Maxim's (3 Rue Royale). Clásico entre los clásicos del lujo. No me suelo resistir a visitarlo para degustar su popularísima sopa de cebolla gratinada con queso.

Carette (4 Place du Trocadéro et du 11 Novembre). Es un salón de té donde se reúne la gente bien de la zona. Una pastelería en la que desayunar es un verdadero placer. No es barato, pero las vistas se pagan y su ambiente y su chocolate son un lujo.

Caviar Kaspia (17 Place de la Madeleine). Es un restaurante referente en París que destaca por su materia prima y ambiente elegante a la par que acogedor ya que da la sensación de que estás en el comedor de una casa. La patata con caviar es una maravilla; el blini de salmón, una delicia. Si os gusta el vodka esta es la bebida oficial. No es difícil encontrarse en sus salones a algún español conocido.

Angelina Rivoli (226 Rue de Rivoli). Está muy cerca del Jardín de las Tullerías. Perfecto para tomarse un *petit déjeuner parisien*. Y aunque ya no sea hora de desayunar, os recomiendo su famoso chocolate caliente africano (la receta es un secreto) o el *mille feuille à la vanille bourbon*, cremas de hojaldre caramelizado rellenas con una ligera crema de vainilla bourbon.

Un último consejo sobre la Ciudad de la Luz. Si buscáis inspiración para vuestra creatividad, visitad sus museos: el

Louvre, d´Orsay, Rodin, museo de la Orangerie, museo Picasso, museo Dalí, Palais de Tokyo, la casa de Victor Hugo, museo de Artes y Oficios, instituto del Mundo árabe, Fundación Louis Vuitton, museo de l´Armée... En ellos también está la esencia de París.

MILÁN

Gucci, Prada, Armani, Versace, Valentino, Missoni, Etro o Bulgari hicieron de esta ciudad industrial un referente internacional de la moda. Contaron con el apoyo de la Cámara Nacional de la Moda Italiana (CNMI), creada en 1958 para proteger y promocionar a los talentos del diseño, y que consiguió que su Semana de la Moda fuera la más importante junto con la de París. Desde Milán se exportó al mundo el sello «Made in Italy» como sinónimo de calidad y lujo.

El llamado «Quadrilatero della moda», delimitado por las calles Monte Napoleone, Manzoni, Della Spiga y Corzo Venezia, es el corazón de ese estilo tan italiano, irresistiblemente seductor. Si quieres saber más sobre ese mundo, visita la Librería Rizzoli (Galleria Vittorio Emanuele II, 79). Cuenta con una buena biblioteca de la historia de la moda y una gran variedad de revistas.

Tal vez Milán no sea la ciudad ideal para el turista de chancla, pero es una meca para las estilistas en potencia.

DÓNDE ME GUSTA ALOJARME

Hotel Palazzo Moscova (Viale Monte Grappa, 12). Antes conocido como Maison Moschino, es un lugar que podría imaginarse en el País de las Maravillas de Alicia. El equipo creativo de Moschino ha hecho de ese alojamiento un universo mágico y loco, tanto como lo es la propia firma. Estuve recluida allí casi dos semanas hasta acabar mi anterior libro, *Cuando el tiempo hace tictac,* viviendo entre rayas blancas y negras, caperucitas rojas, almohadones en forma de *muffins* gigantes y una lámpara hecha a base de galletas y caramelos. Y, al mismo tiempo, disfruté del *showroom* en que sus clientes y visitantes *cool* convierten a diario sus estancias.

Hotel Bulgari (Via Privata Fratelli Gabba, 7B). En este palacete, levantado en el siglo XIX, se esconde un precioso patio interior y más de 4.000 metros cuadrados de espacio verde desde donde se puede llegar al jardín botánico de la ciudad. Me he quedado varias veces en una de sus *suites* y precisamente en este hotel firmé uno de los proyectos más importantes de mi trayectoria profesional. Lo celebré con una sesión de *spa* en sus increíbles instalaciones.

Armani Hotel Milano (Via Alessandro Manzoni, 31). Refleja el estilo de su creador, Giorgio Armani: minimalista, elegante, de líneas perfectas. Está en el corazón cultural de la ciudad, cerca del teatro de la Scala y de la catedral. El restaurante es sofisticado y elegante, y la discoteca, muy divertida. El bar también es parada obligada y sus baños serían una tentación para Frida.

DÓNDE ME GUSTA COMER Y BEBER

Corso Como (Corso Como, 10). Es casi una obligación visitar este espacio cultural donde disfrutar de su famoso *concept store* con las mejores firmas, de galerías de arte moderno y de un café a donde se acude a almorzar para lucirse y compararse con los demás. Su terraza es un punto de encuentro de *fashionistas* y gente guapa. Durante la Semana de la Moda y la del Diseño, es muy habitual ver allí sentados a editores de moda y estilistas.

NUEVA YORK

La ciudad te atrapa desde el primer momento, sea cual sea la razón de tu visita. Pero si lo que más te apetece es conocer todas las tendencias, asombrarte con las más arriesgadas mezclas de estilos o simplemente entregarte al *shopping* más extremo, entonces, bienvenida al paraíso. La Gran Manzana es mucho más que la Quinta Avenida, corazón del lujo comercial. Es también el Fashion District, que se extiende por los alrededores de la divertida calle 34; es además el entorno transgresor de Union Square, y, por supuesto, el carisma del barrio del Soho, donde dandis y amantes de lo *vintage* conviven con los vanguardistas más excéntricos.

Un par de consejos para elegir estilismos si decidís disfrutar de algunos de los lugares que os propongo: es una ciudad donde el minimalismo es más apreciado que el exceso. Y respecto a los colores, siempre se acierta con el negro, el blanco, el gris o el beis.

DÓNDE ME GUSTA ALOJARME

The Mercer Hotel (147 Mercer Street). Tras su fachada industrial se esconde el espíritu bohemio del Soho, con su *lobby* decorado como una librería minimalista adornada con cálidas notas de color. Es un alojamiento siempre de moda desde el que se siente el pálpito de la ciudad.

The Standard, Hight Line (848 Washington Street). Se encuentra en el distrito de Meatpacking, a escasos treinta metros del High Line Park, el antiguo paso elevado del ferrocarril hoy convertido en parque. Su terraza, situada en la azotea, es una de las más *cool* de Nueva York. A través de sus enormes ventanales, se disfruta de una espectacular vista panorámica de la ciudad. Su discoteca es un *must* si quieres pasar la noche entre gente cosmopolita y divertida.

Plaza Hotel (1 W 59th Street). No necesito explicar por qué me fascina este hotel. Sofisticación, lujo y cuando miras por la ventana, ahí está Central Park extendiéndose a tus pies. Me encanta su Food Hall, una galería con todo tipo de tiendas exquisitas, con pastelerías y bombonerías para pecar sin arrepentimientos.

1 Hotel Central Park (1414 6th Avenue). Se encuentra a dos minutos a pie de Central Park y muy cerca del Museo de Arte Moderno. Es un hotel *boutique* con mucho ambiente y rollo juvenil.

DÓNDE ME GUSTA COMER Y BEBER

The Mercer Kitchen (99 Prince Street). Convierten la hamburguesa en un plato *gourmet*. Informalidad muy *chic*. Un buen lugar para observar el *street style* neoyorquino.

Harry Cipriani (781 5th Avenue). El italiano por excelencia. Me gusta su elegante ambiente cultural. Estar junto al MoMA ya le da un cierto estilo.

Gramercy Park Hotel (2 Lexington Avenue). Perfecto para tomarse una copa y contemplar la colección privada que decora sus paredes, donde comparten espacio obras de Andy Warhol, Jean-Michael Basquiat, Tom Wesselmann o Damien Hirst.

Omar's / La Boîte (302 Broome Street). Sin duda, mi favorito para tomar una copa. Es uno de los lugares con más famoseo de alto nivel de Manhattan. Todo lo que toca su creador, Omar Hernández, se transforma en oro. *Look* chic y tremendamente *cool*. La elegancia canalla se palpa en el ambiente. Aquí no llega cualquiera, pero quien lo hace, se queda. El listado de VIP que han pasado por allí podría competir con la lista Forbes de los más ricos.

MIAMI

Viví diez años en esa ciudad, cuando todo era más pequeño y humano. Desde entonces, ha cambiado mucho. Ahora compite con Los Ángeles por ser, después de Nueva York, la otra referencia de la moda y las tendencias. Lo latino ejerce una influencia que se percibe en el ambiente, sobre todo en el color y la energía del *street style*. Para sentirlo, basta pasear por Lincoln Road Mall, un grandioso centro comercial al aire libre, o por el Dolphin Mall. Los más exigentes y exquisitos probablemente prefieran visitar el Design District o las tiendas y el ambiente que rodea el Bal Harbour, mi preferido en mayúsculas. Una de mis tiendas favoritas es la de la diseñadora colombiana Silvia Tcherassi en Merrick Park, un exclusivo centro comercial al aire libre en Coral Gables.

DÓNDE ME GUSTA ALOJARME

Delano South Beach (1685 Collins Avenue), en Miami Beach, donde alegrarse la vista con cuerpos esculturales, bellezas morenas y *fashionistas* de playa.

The Setai Miami Beach (2001 Collins Avenue). En pleno barrio *art déco,* luce una decoración con influencias del Lejano Oriente, al igual que la cocina de su fabuloso restaurante, el Setai Grill.

Faena Hotel Miami Beach (3201 Collins Avenue). Es un moderno palacio que ofrece lujo en cada detalle. Tiene un *lobby* imponente. Vale la pena visitar la gigante escultura dorada de un esqueleto de mamut rodeada de palmeras y el océano Atlántico de fondo. El pintor argentino Juan Gatti fue elegido para llenar el hotel de mosaicos coloristas con pavos reales, tigres, flamencos y vida marina.

DÓNDE ME GUSTA COMER Y BEBER

Casa Tua (1700 James Avenue). Un restaurante tan acogedor como elegante. Nunca dejo de visitarlo. Perfecto para cenas románticas y estilismos cuidados.

Mr. Chow (2201 Collins Avenue). Cocina china con olor a mar Caribe. Después de la comida, se puede pasear por Miami Beach para dejarse ver.

Zuma Miami (270 Biscayne Blvd Way). Cocina moderna japonesa, decoración espectacular, ambiente *cool* y una terraza de ensueño.

The Capital Grille (444 Brickell Avenue). Un clásico de Miami.

Jone's Stone Crab (11 Washington Avenue, Miami Beach). Se abre de octubre a mayo y es famoso mundialmente por los cangrejos y su pastel de lima. Nada más sentaros en la mesa, os darán un babero para no ensuciaros la ropa comiendo marisco. No es para ir todo los días pero sí para visitarlo una vez en la vida. La tradición manda.

La Mar by Gastón Acurio (500 Brickell Key Drive). Este restaurante peruano se encuentra dentro del hotel Mandarin Oriental. Tiene una de las vistas más increíbles de la bahía de Biscayne.

Cipriani Downtown Miami (465 Brickell Avenue). Su decoración blanca y azul recuerda el interior de un barco. Al igual que los Cipriani de Nueva York y Venecia, ofrece el cóctel que los ha hecho famosos, el Bellini, inventado en 1948 por Giuseppe Cipriani, barman del Harry's Bar en Venecia. Pulpa y jugo de durazno blanco de Verona triturado, mezclado lentamente y servido en una copa de flauta.

Versailles (3555 SW 8th Street). En la famosa calle Ocho, corazón de Little Havana. Tal vez no sea un lugar moderno, pero conserva una parte de la historia de Cuba. La ropa vieja y el café son increíbles.

COLOMBIA

Es casi mi otro hogar. Gran parte de mi vida profesional transcurre allí y eso me hace ser una privilegiada. Desde la primer vez que estuve, en 2002, me sentí cautivada por su moda, su cultura y sus increíbles paisajes. Colombia es rica. Rica en gente, rica en energía positiva y en lo que a diseño se refiere, inmensamente rica en talento.

Mi ciudad adoptiva es **Cartagena de Indias**. Simplemente espectacular. Su luz y su belleza son perfectas para realizar producciones de moda. Os recomiendo tres lugares con un increíble encanto para alojarse, comer y disfrutar de noches cálidas y muy románticas: el **hotel Charleston Santa Teresa**, donde suele tomar copas la elite cartagenera y en donde yo sellé con un beso mi compromiso de boda; el **hotel Santa Clara**, un antiguo convento de muros robustos con un increíble patio central que lo convierte en uno de los alojamientos más impresionantes que he conocido; y el

hotel Casa del Coliseo, una mansión colonial con una exquisita decoración del interiorista Juan Carlos Arcila-Duque. Los tres están en el pequeño barrio histórico.

Si se tiene la oportunidad, merece la pena conocer las Islas del Rosario, frente a la costa de Cartagena de Indias, a las que solo se puede llegar en yate privado. Muchos VIP colombianos han construido sus mansiones junto a su mar turquesa.

Bogotá, la capital, tiene un atractivo muy distinto. Cosmopolita, moderna, con una riqueza gastronómica y cultural sorprendente. Para alojarse, el **hotel Four Season** (Carrera 13 # 85-46), un lujo moderno y con clase. Y para comer, dos lugares indispensables para mí, ambos del restaurador Andrés Jaramillo. El más popular: **Andrés Carne de Res** (calle 82 No 12-21, Chía, a 20 kilómetros de Bogotá). Como se describe en su página web, «restaurante, bar, bailadero, rumbeadero, coqueteadero, conversadero, estadero, miradero». Es el concepto más increíble de restaurante que he conocido. Una mezcla de circo y teatro. El otro: **Plaza de Andrés** (Ac. 24 #8421 CC Gran Estación). Magia, color, sabor, música. Un icono de la gastronomía y la cultura colombiana. París tiene la Torre Eiffel y Bogotá tiene Andrés Carne de Res. El **Harry Sasson** (Cra. 9 # 75 – 70) está en la lista de los restaurantes más prestigiosos de Latinoamérica. Su chef, Harry, es una celebridad en Colombia y su exquisita comida, su ambiente y su trato no son cualquier cosa. Está en una hermosa casa de madera de arquitectura elegante. *Look* cuidado para las mujeres y hombres, preferiblemente en traje y corbata.

APUNTES DEL MUNDO

Singapur. Una de las ciudades más alucinantes que he visitado. Cualquier *fashionista* se sentirá en la gloria recorriendo Orchard Road, una de las áreas comerciales más exquisitas del mundo. Salir de allí sin un *look* atractivo y *cool* es prácticamente imposible. Otras zonas imprescindibles: Little India, Sim Lim Square, Chinatown o Clarke Quay.

Hong Kong. Otro paraíso del *shopping high class*. Una disfruta perdiéndose en las zonas comerciales de Pacific Place o Harbour City. Pero mi mejor experiencia en esa asombrosa ciudad fue alojarme en el **The Peninsula** (Salisbury Road, Tsim Sha Tsui), un hotel de película. Auténtico lujo asiático. Asombroso, aunque solo para bolsillos muy privilegiados.

Mónaco. Otro de mis destinos preferidos. Ver los fuegos artificiales desde el Yacht Club de Mónaco, bajar de un yate y pasear por el puerto es lo más parecido a sentirte millonario. ¿Un alojamiento? Por supuesto, el **Hotel de Paris** (Place du Casino), un palacio solo para los elegidos.

Marrakech. He estado en numerosas ocasiones allí y casi siempre me he alojado en **La Mamounia** (Avenue Bab Jdid). Quien escribió cualquiera de los cuentos de *Las mil y una noches* podría haber logrado la inspiración entre sus muros o en sus magníficos restaurantes.

Donde vivo. Mi ciudad favorita del mundo. Referencia también de la moda europea gracias a nuestros diseñadores nacionales. Todo está aquí al alcance de la mano. ¿El lujo? En la Milla de Oro (entre las calles Ortega y Gasset y Serrano) y en las Galerías Canalejas, junto a la Puerta del Sol. ¿El *shopping* más popular pero con estilo? En la calle Fuencarral. Cualquier lugar es bueno para disfrutar del ambiente de la ciudad, aunque mis preferidos son el barrio de Salamanca, Chueca y el centro histórico.

HOTELES A LOS QUE ME GUSTA IR

He hecho una selección de alojamientos perfectos por su ubicación y por sus instalaciones. Yo los visito para comer en sus deliciosos restaurantes o beber en sus cuidados bares.

Hotel Only You (Barquillo, 21). Decorado por el prestigioso interiorista Lázaro Rosa Violán. Su bar es perfecto para una copa o un *brunch*. Su ambiente es cosmopolita y su patio es un concepto de *life style* de mezcla mediterránea y colonial.

Hotel Único Madrid (Claudio Coello, 67). Una encantadora isla de paz en una de las zonas más comerciales de la ciudad. El restaurante del chef internacional Ramón Freixa es su mayor tesoro. Elegante, detallista, especial, como él: hombre con estrella y cuya cocina vale varias estrellas.

The Principal (Marqués de Valdeiglesias, 1). Levantarse contemplando la Gran Vía es un privilegio. Su decoración bien podría transportarnos a Nueva York. Destaca el rojo en el área privada de la azotea. Tiene una coctelería de primera y su restaurante, el Ático, luce dos estrellas Michelin.

Four Seasons (Sevilla, 3). Su terraza, situada en el ático, es impactante. Allí se encuentra el restaurante del chef Dani García. El *hall* es muy agradable para una merienda a media tarde.

Hotel CoolRooms (Atocha, 34). Una enorme puerta marrón esconde un palacio señorial con una decoración contemporánea en donde los colores vivos predominan. Su jardín es como un cuento y su *brunch*, un verdadero *must*. Mágico.

Hotel Wellington (Velázquez, 8). En pleno barrio de Salamanca, al lado del Parque de El Retiro. Uno de los alojamientos de gran lujo más emblemáticos de Madrid. También es un lugar perfecto para organizar reuniones, puesto que su imponente *hall* da mucho juego. Es un ambiente clásico que transmite señorío. Aparecer allí con un pantalón roto y un corpiño no sería lo apropiado.

Destaca su Le Max Club, un gimnasio y *spa* exclusivo para huéspedes y socios. Probablemente el club deportivo más lujoso de la capital. Su piscina e instalaciones bien merecen lo que cuestan.

DÓNDE ME GUSTA COMER Y BEBER

Amazónico (Jorge Juan, 20). Decoración vegetal que ha marcado tendencia. Hay que reservar con tiempo. Si estáis solteros o solteras, la barra es un lugar perfecto para ver, ser vistos y brindar con gusto. El *look* nocturno tiene que ser *cool*. Suele haber competencia de faldas mini y botas mosquetero con taconazos, con lo cual abstenerse bailarinas, camisas de cuello bobo y jerséis de lana gruesa. Tampoco valen las lentejuelas.

Si vais a comer, hay que pensar en un estilismo que pueda durar hasta la noche ya que se sabe cuándo se llega al Amazónico pero no cuándo se sale, y no es lo mismo entrar con sol, vestida con una camiseta y unas zapatillas Converse, que te dé la medianoche de esa guisa.

El Paraguas (Jorge Juan, 16). Comida de cuchara con toque asturiano. Buen lugar para tener reuniones de trabajo.

Ten Con Ten (Ayala, 6). Sofisticado y perfecto para cualquier celebración. Allí conocí a Bruce Springsteen y a su mujer, Patti Scialfa.

Ultramarinos Quintín (Jorge Juan, 17). Para desayunar y comer entre gente guapa.

Aarde (Plaza de la Independencia, 10). Situado frente a la Puerta de Alcalá. Como dice su nombre, es un lugar ardiente donde el servicio es encantador. Es caro, pero su privilegiada ubicación bien lo merece.

Numa Pompilio (Velázquez, 18). Italiano delicioso y sofisticado. Mayuyi, tía de Sandro Silva, uno de los propietarios junto a Marta Seco, es la jefa y el alma del restaurante. Solo verla allí te alegra el día.

El Qüenco de Pepa (Henri Dunant, 21). Pepa Muñoz, su propietaria, tiene un corazón tan grande como los tomates que cultiva. Sus platos son un homenaje a la cocina tradicional española y a los platos de cuchara. El restaurante es un lugar de encuentro de políticos, periodistas, escritores, artistas, deportistas... Una mezcla difícil de describir. Simplemente hay que vivirlo.

Coque (Marqués de Riscal, 11). Con dos estrellas Michelin, es uno de los referentes gastronómicos en España. Los hermanos Mario, Rafael y Diego Sandoval, la tercera generación de propietarios, han ideado este singular y elegante espacio, cada uno aplicando querencias y aptitudes, siempre bajo la supervisión global del diseñador Jean Porsche. Cuatro espacios que transportan al comensal a través de los sentidos: coctelería, cocina, sala y la bodega, conocida como «el Santuario» por su extraordinaria selección. Tienen además un huerto propio.

Museo Chicote (Gran Vía, 12). Se cumplen noventa años de la apertura de esta coctelería mítica y la esencia de Perico Chicote, su fundador, sigue intacta en el *art déco* de su salón, entre imponentes cortinas y tapizados en rojo. Mitos del Hollywood clásico como Ava Gardner, Frank Sinatra o Sofia Loren alternaban con la crema y nata patria: Luis Miguel Dominguín, José Ortega y Gasset, Miguel Mihura... También ha recibido la visita de mandatarios como Rainiero de Mónaco. Todos ellos acudían a Museo Chicote no solo por lo que se bebía, sino por cómo se sentían.

Cualquier cóctel está recomendado, pero cabe destacar el Chicote: vermú dulce, ginebra, curaçao de naranja y Grand Marnier.

Bumpgreen (Velázquez, 11). Donde descubrir y disfrutar platos saludables y creativos que aúnan tradición, proximidad y compromiso. Decoración, gastronomía y moda van de la mano en este proyecto ideado por Tomás Nofre y Adriana Nicolau.

Carbón Negro (Juan Bravo, 37). Se ha convertido en uno de mis sitios preferidos para tomar el aperitivo. Llegar un sábado sobre las 13.00 y salir más allá de las 19.00 es ya un clásico en mi agenda. *Look* casual pero con punto. Tampoco vale ir de tirada porque es un lugar muy frecuentado por gente guapa.

Cristina Oria (Conde de Aranda, 6 y Ortega y Gasset, 29). Ideales para desayunar y merendar. Mi preferido es el de José Ortega y Gasset: por un lado tiene función de restaurante, pero también vende productos *gourmet* y menaje. Destaca la combinación de blanco y negro en la decoración. Durante las tardes se llena de familias con niños y de madres con mucho estilo que aprecian los detalles. Tiene un punto pijo de niñas bien del barrio de Salamanca.

Velázquez 17 (Velázquez, 17). Lo mejor es ir al mediodía. Su cocina con punto venezolano contemporáneo y su ambiente *casual chic* es puro reflejo de sus propietarias. Papel verde en sus paredes, mesas de madera y menú asequible. Uno de esos lugares *cool* que resulta parada obligada. Su hermano mayor es el **Murillo Café** (Ruiz de Alarcón, 27), más pequeño que este, pero nació antes. Aires de taberna con estilo. Destaca por sus vistas privilegiadas al Museo del Prado y por sus exquisitos patacones.

Greener Café (Padre Claret, 3). Un grupo de amigos con mucho gusto se asociaron y aquí está el resultado: un local elegante que respira un ambiente moderno, relajado y divertido. Cocina tradicional y creativa.

El Babero (Puigcerdá, 16). Está al fondo del callejón de Puigcerdá. Es muy pequeño pero, al igual que sus propietarias, alberga un gran corazón. Comida casera, guisos, productos de mercado y una tortilla de patatas simplemente espectacular. Es diferente a lo que se encuentra por esa zona y el ambiente es acogedor.

Chocolatería San Ginés (Pasadizo de San Ginés, 5). Uno de esos lugares que no envejece, aunque lleva abierto desde 1894. Chocolate a la taza y churros de los de toda la vida. Su propietario, el respetado empresario y restaurador Pedro Trapote, es como este local, un gran castizo. Me encantan los desayunos, así que es fácil encontrarme allí cualquier mañana. Y si no es en San Ginés, en alguna de las pastelerías **Mallorca**, o en los varios locales de las panaderías **Harina** o **Le Pain Quotidien**.

The Kave y The Gallery (Salustiano Olózaga, 15). Copas exclusivas en bares clandestinos. Así se presentan estos dos locales a los que se accede con contraseña. Ambos tienen fecha de caducidad. No estarán siempre abiertos así que, si alguien os invita, no digáis que no. Son del grupo Ramsés y están situados puerta con puerta con el **Ramsés** y el **Patio de los Leones**, dos *must* con rollo *fashion*.

Válgame Dios (Augusto Figueroa, 46). Para picar algo y, sobre todo, para disfrutar de copas y charla. Tiene un punto decadente y se respira una cultura canalla de pijos malotes. Si os gusta la noche y el aire *boho-chic*, este es vuestro lugar.

Margarito (José Abascal, 25). «Me quiere, no me quiere, yo solo quiero croquetas», este es el lema del local que una de mis supermodelos favoritas ha abierto junto con unos amigos. Noelia López, ganadora de Supermodelo 2017, se ha lanzado a la restauración. El local fue una floristería, de ahí su nombre. Tiene una extensa carta que va desde el desayuno hasta la cena sin faltar las copas.

Bombonería La Pajarita (Villanueva, 14). Fundada en 1852 es la bombonería más antigua de Madrid. Ellos crearon los auténticos caramelos de violeta. Su elaboración artesanal y su embalaje los hacen muy especiales.

El Patio del Espejo, en el Corte Inglés de Castellana (Raimundo Fernández Villaverde, 65). Decoración exquisita y, lo mejor, la posibilidad de degustar una carta gourmet variada y elegante rodeados de las mejores firmas internacionales del mundo. Sin duda, el templo de las fashionistas. No os perdáis la selección de vinos, cócteles y champán. Perfecto para brindar después de un día de compras.

DÓNDE ME GUSTA PONERME GUAPA Y VESTIRME

El Instituto de belleza y medicina Maribel Yébenes (Paseo de La Habana, 14). Referencia estética de las *celebrities*. Sus tratamientos son reconocidos internacionalmente.

Moncho Moreno (Lagasca, 3 y Velázquez, 76). Uno de los estilistas más solicitados de la capital. Sus salones son templos del cabello y el maquillaje. En ambos, la lujosa decoración estilo parisino llama la atención, así como sus arreglos florales. No es difícil encontrar allí a rostros famosos.

Clínica La Prairie (Fortuny, 6). Sinónimo de elegancia y belleza saludable. El blanco destaca en todo el espacio. Cuenta con una entrada por el garaje y salas privadas por si se prefiere no ser visto.

Claudia Di Paolo (*claudiadipaolo.com*) es una maga de los cuidados capilares y su lema es la excelencia al servicio de la belleza. Los tratamientos se dan a domicilio.

Tienda de moda PEZ (Regueros, 15). Ha sido precursora en traer a España marcas internacionales con punto contemporáneo.

Beni Room (Velázquez, 35). Ejemplo de seguimiento de tendencias e innovación.

Casilda Finat (Lagasca, 106). Es una pequeña tienda con gran variedad de bisutería de diseño. Precios asequibles, joyas divertidas y peculiares, como lo es su creadora, Casilda Finat.

NAC (Génova, 18). Multimarca con una cuidada selección de firmas.

HOFF (Velázquez, 39). Paraíso de las zapatillas coloristas, vanguardistas y accesibles. Tienda minimalista muy atractiva.

Yusty (Ayala, 20). Sastrería masculina de lujo.

Javier Morato (Orellana, 16). Tiene las mejores botas de la ciudad. Se producen en Valverde del Camino y llevan el certificado de origen.

El Corte Inglés de Serrano (Serrano, 47). Uno de mis preferidos. Marcas de primera y *corners* que nada tienen que envidiar a los grandes almacenes de lujo de capitales de la moda como Nueva York o París. Su departamento Gourmet es una tentación.

El Capote (Claudio Coello, 46). Su eslogan, «Es hora de presumir de lo nuestro», es tan especial como sus creadores.

PARA MI CASA

La decoración forma parte de mi vida, por eso sigo los trabajos de interioristas y arquitectos como Ricardo de la Torre, Tomás Alía, Manuel Espejo, Lorenzo del Castillo, Teresa Sapey, Héctor Ruiz, Adriana Nicolau. Y me fascinan espacios decorativos como **The Art Of Living Frigicoll**

(Villanueva, 36) o el **Garaje de Lola** (Sorgo, 53), ideales para presentar proyectos de cultura, arte e innovación.

Apia (Juan Bravo, 18). Una tienda de decoración que atrae nada más entrar.

Oliva Iluminación (Hortaleza, 57). Puede presumir de tener lámparas de diseño para todo tipo de estilos.

Pantallas Potosí (Potosí, 5). Pantallas y lámparas a medida. Diseños a gusto del consumidor bajo el sello artesanal.

BARCELONA

La ciudad en la que nací y a donde siempre me gusta volver. Cosmopolita, siempre moderna. También capital de la moda europea con su estilo cálido y muy mediterráneo. Si lo que te interesa es el *shopping* de calidad, tres zonas imprescindibles: passeig de Gràcia, Portal de l'Àngel y los barrios de Gòtic y Born.

DÓNDE ME GUSTA ALOJARME

Hotel Majestic (Passeig de Gràcia, 68). Sabe tanto de mí y de mis historias que merece un lugar especial en esta agenda. Es un clásico y, a la vez, tremendamente contemporáneo. Su terraza, situada en la última planta, ofrece una de las vistas más espectaculares de la Ciudad Condal. Ambiente elegante sin estridencias.

DÓNDE ME GUSTA COMPRAR

Joyería Rabat (Passeig de Gràcia, 59 y 94). Al igual que su imponente tienda hermana en Madrid (Serrano, 26), es un templo del lujo más exquisito. No solo podréis adquirir una joya, sino vivir una experiencia única (por ejemplo, probando sus cócteles *dry martini*).

Santa Eulalia (Passeig de Gràcia, 93). Tienda de lujo multimarca para mujer y hombre. Se ubica en un edificio espectacular que respira moda. Solo por verlo, merece la pena la visita. Además, cuenta con una cafetería perfecta para tomarse un café y dedicarse a la lectura.

La Central (Mallorca, 237). Librería especializada en Filosofía, Ciencias Sociales, Historia, Antropología y Arte. Ochenta y cinco mil volúmenes entre los que perderse tomando un buen café.

Mercado de La Boquería (La Rambla, 91). Uno de los mercados tradicionales más famosos del mundo. Explosión de aromas y colores gracias a sus puestos de flores, de verduras y frutas.

SEVILLA

Adoro esa ciudad. Hace ya algunos años estuve tentada de mudarme allí. Su Semana Santa y la Feria son únicas en el mundo, una explosión de creatividad, de riqueza cultural y de inspiración flamenca adaptada a la moda.

DÓNDE ME GUSTA ALOJARME

Hotel Eme Catedral (Alemanes, 27). Un cinco estrellas gran lujo junto a la catedral sevillana. Merece la pena tomarse una copa en el bar de su azotea con la imponente fondo.

Hotel Alfonso XIII (San Fernando, 2). Clásico entre los clásicos del lujo en Sevilla. Deslumbra su estilo neomudéjar y su decoración historicista, con tapices y azulejos. Imprescindible disfrutar de un desayuno en su patio interior.

DÓNDE ME GUSTA COMER Y BEBER

Mariatrifulca (Puente de Triana esquina Plaza del Altozano). Situado frente a la capillita del Carmen, en un antiguo edificio conocido como el Faro de Triana, es un punto de encuentro en la ciudad. Gente guapa y ambiente divertido. Reservad en las mesas de arriba. Las vistas son inmejorables y es perfecto para una velada romántica. *Look* casual pero a la moda, teniendo en cuenta que el estilo sevillano es más bien clásico.

Seis (Plaza Nueva, 7). Modernidad y diseño se combinan en este restaurante, donde bien se puede tomar una tapa o sentarse con mesa y mantel. Destaca su coctelería y el ambiente. Perfecto para un *afterwork*.

Casa Anselma (Pagés del Corro, 49). Referente del flamenco y de la noche en la capital hispalense. Podréis encontrar una mezcla de turistas y de locales. La «Salve Rociera» con la que termina el espectáculo sin duda os llegará al corazón. Su decoración, compuesta de azulejos, platos de cerámica, carteles taurinos y el tablao, os encantará. Y si además conocéis a su propietaria, Anselma, repetiréis.

Mercado Lonja del Barranco (Arjona, s/n). Mercado *gourmet* que anteriormente había funcionado como lonja. Ocupa un imponente edificio modernista, de estructura de hierro, en el que se distribuyen puestos de comida, restaurantes y lugares para tomarse una copa.

DÓNDE ME GUSTA COMPRAR

Rocío Peralta (Muñoz Olivé, 7). Es una de las diseñadoras de trajes de flamenca más reconocida de la capital hispalense. Sus diseños y su corte marcan la diferencia. Tiene un gusto exquisito y sus desfiles son pura tendencia.

Miabril (Virgen de Loreto, 3). Lourdes Montes y Rocío Terry han creado una colección de accesorios para el hogar, además de trajes de flamenca.

Fernando Claro Costura (Adriano, 29). Varias actrices y artistas cuentan con este diseñador para lucirse sobre las alfombras rojas.

Antonio García (San Pedro Mártir, 2). Un atemporal atelier de costura.

Vicky Martín Berrocal (Cuna, 51). Desde sus comienzos en el mundo de la moda, ha dejado patente que sabe hacer las cosas bien y aspirar alto.

Un último consejo para los visitantes de Sevilla: haced un paréntesis de relax en el **Aire Ancient Baths Sevilla** (Aire, 15), una casa-palacio de estilo mudéjar con casi cinco siglos de historia donde probar las diferentes aguas termales y relajarse a la luz de las velas.

PALMA DE MALLORCA

Sol, mucho sol. Y mar. El mar presente, protagonista. Inspirador. Una ciudad que siempre es tendencia en sí misma.

DÓNDE ME GUSTA ALOJARME

Hotel Sant Francesc (Plaça de Sant Francesc, 5). Situado en pleno centro histórico de la ciudad. Un cinco estrellas de maravillosa arquitectura. Exquisita decoración. Es perfecto para tomarse una copa bien en el bar del patio interior, rodeado de olivos, o en la terraza, ubicada en el ático, desde la que se divisan los tejados de las casas mallorquinas y la imponente iglesia de Santa Eulalia. Por la noche, las luces de las velas y el color de su piscina hacen de él un oasis.

DÓNDE ME GUSTA COMER Y BEBER

Fornet de la Soca (Plaça de Weyler, 9). Es un horno centenario famoso por sus ensaimadas y cocas de *gató*.

Ca'n Joan de s'Aigo (Carrer de Can Sanç, 10). Existe hace más de trescientos años y es la chocolatería más emblemática de la isla. Su helado de almendra es de una calidad exquisita así como la historia que alberga este lugar.

Forn del Sto. Cristo (Plaça del Marqués del Palmer, 2). Fundado en 1910, conserva su artesanía. Las ensaimadas de este horno son famosas en Palma de Mallorca y fuera de ella.

Bar Bosch (Plaça Rei Joan Carles 1, 6). Es parte de la historia de Palma. Su langosta de jamón y queso y de tortilla, ¡la mejor!

DÓNDE ME GUSTA COMPRAR Y DIVERTIRME

Gallery Red (Tous i Maroto, 10). Es un espacio artístico más que una galería de arte. Cuenta con obras de Basquiat, Warhol, Yayoi Kusama o Damian Hirst. Una colorida y elegante terraza exterior, diseñada por la arquitecta Teresa Sapey, forma parte de este espacio en el que también se encuentra el Café Red, una pequeña pastelería y cafetería, y el Gallery Red Concept Store, una tienda en donde se pueden encontrar libros de moda, juguetes y objetos dignos de coleccionista.

Rouge Mallorca (Constitución, 1). Un paraíso para aquellos *fashionistas* que queréis encontrar modelos icónicos de bolsos de Hermès, Chanel, YSL o Louis Vuitton de ediciones limitadas. Accesorios de segunda mano en perfecto estado y con sello de garantía.

Soho Gallery (Tous i Maroto, 5). Sala de exposiciones y galería de arte contemporáneo con obras de Domingo Zapata, Aldo Comas, Sasha Pivovarova y esculturas de dEmo, entre otros.

El Falcao (*falcaouno.com*). Es un barco de 26 metros de eslora con mucha historia. Merece sumarse a esta lista de lugares en los que disfrutar de Palma de Mallorca. En él se realizan *charters* con mucho glamur. Es perfecto para pasar un día entre amigos y recorrer la isla desde el amanecer hasta el atardecer. Su *catering* es espectacular y se prepara a medida del cliente. Si estáis pensando en casaros, no se me ocurre un sitio mejor.

ZONA DE RESTAURANTES CON UN AMBIENTE DE MAR Y LUJO

Puerto Portals. Allí están atracados los barcos más lujosos de la isla. Sus restaurantes se llenan en verano de gente guapa y el referente de todos ellos es sin duda **Flanigans**, el favorito de los VIPS que visitan la isla por vacaciones y un clásico reconocido internacionalmente. Tienen lista de espera, con lo cual hay que reservar con anterioridad. Un postre que no podéis perderos y que se pide cuando te cogen la comanda es la tarta fina de manzana acompañada de helado.

Galería Pelaires (Can Veri 3). La galería de arte contemporáneo más reconocida. Data de 1969 y su creador, Pep Pinya, es una institución en el mundo del arte.

IBIZA

Naturaleza salvaje, calas maravillosas…, pero sobre todo mucha, mucha diversión. A Ibiza se va para mirar y ser vistos.

DÓNDE ME GUSTA COMER Y BEBER

El Beso Beach (Playa de Cavall d'en Borràs, Illetas). Dicen que no hay verano sin beso y, sin duda, esto es así. Paellas, cocina vasca y mediterránea en un ambiente que te envuelve y te impulsa a bailar descalza en la arena… o sobre las mesas. La sangría de cava está exquisita.

El Lío (Passeig Joan Carles I, 1). Música, espectáculo al más puro estilo Broadway y unas vistas al castillo de Dalt Vila que no tienen precio. Buen rollo al máximo nivel. *Look* extravagante, sexi y muy estudiado. Es fundamental ir con tacones. Las firmas de moda de lujo se hacen patentes.

Blue Marlin (Cala Jondal, s/n). Punto de encuentro rodeado de pinos. Su entorno virgen lo hace muy especial.

DÓNDE ME GUSTA BAÑARME

Mis playas preferidas para ir a tomar el sol y pasar el día son **cala Jondal** y **Cavallet**, en plena reserva natural de Ses

Salines, una de las áreas nudistas más conocidas del mundo. Esta playa tiene otras dos zonas: una en la que se ubican un par de restaurantes y otra que es un espacio gay.

MARBELLA

Esta ciudad nunca pierde el encanto *chic* y elegante que la hizo famosa. No hay mejor lugar para lucirse durante el verano.

DÓNDE ME GUSTA ALOJARME Y COMER

Hotel Puente Romano (Bulevar Príncipe Alfonso von Hohenlohe, s/n). Mi preferido para disfrutar de la exquisita Marbella. No solo las instalaciones son espectaculares, lo son también sus impresionantes vistas al mar en un ambiente idílico con estilo andaluz.

Dentro de este *resort* se encuentran restaurantes *top* como el de Dani García, el Nobu, Serafina, Leña o el Sea Grill. La discoteca con más punto de la ciudad está en La Suite Club Puente Romano, probablemente uno de los mejores *night clubs* de Europa. Ambiente muy de moda e internacional.

Marbella Club (Bulevar Príncipe Alfonso von Hohenlohe, s/n). Uno de los hoteles con más historia del mundo, por donde han pasado personajes ilustres nacionales e internacionales. Lujo con un punto decadente y excelencia en los detalles. Si queréis tomar una copa tranquilos, elegid el Rudi's Bar. Pero si os gusta que las noches sean agitadas, apuntaos a las fiestas de verano de El Patio, divertidas, exóticas y legendarias.

Su chiringuito es el más deseado y el trato, exclusivo. Ambiente muy divertido. *Look boho-chic*. Se admiten brillos.

Celicioso (Bulevar Príncipe Alfonso von Hohenlohe, s/n). No podéis perderos esta pastelería. Lugar para desayunar y merendar. Sano, rico y *cool*.

SIERRA NEVADA

Tengo grandes recuerdos de esta maravillosa montaña y, sin duda, es uno de mis lugares favoritos de España para esquiar.

DÓNDE ME GUSTA ALOJARME

Hotel Lodge Ski & Spa (Maribel, 8). Os dejará sin palabras. Maravillosas vistas a la sierra. Sus instalaciones, con una piscina exterior de agua caliente, son ideales para hacer ejercicio, respirar aire puro y desconectar. Está todo construido en madera. Tiene salida directa a la pista y su terraza es la más codiciada cuando acaba la jornada de esquí.

Hotel Meliá Sol y Nieve (Plaza Pradollano, s/n). Cuenta con un espectacular *spa* de 2.500 metros cuadrados. Su ubicación es perfecta si se prefiere estar rodeado de restaurantes y buen ambiente.

Arttysur Lux Village (Grupo Prado Alto, 90). *Eco-resort* de viviendas de lujo en madera y de diseño único. Las vistas son increíbles. Probablemente desde allí se contemple el atardecer con más encanto de la sierra. FFL Interiorismo ha formado parte del proyecto, así que no podía faltar en esta lista de sitios *must*.

Aquí concluye una agenda que podría ser bastante más extensa (tendría mucho que contaros de Kuala Lumpur, de la isla china de Sanya, de Shanghái, de Bangkok, de Niza, de Saint-Tropez, de la costa amalfitana...), pero he querido centrarme en los lugares que son más especiales para mí. Todos ellos escenarios de maravillosos encuentros, de noches largas y románticas, de éxitos profesionales y experiencias humanas inigualables. Son parte de mi historia y me encantaría que fueran también parte de la vuestra. Nos vemos en alguno de ellos.

Agradecimientos

Detrás de una foto siempre hay una historia que contar, y detrás de *La estilista* está mi familia.

Hace ya muchos años, y a raíz de los golpes que te da la vida para ver si estás despierto, aprendí lo que de verdad importa y esto, en mi caso, se traduce en cuidar a mi familia y amigos.

Tendría que haber entregado este libro hace ya algún tiempo pero, mirando al pasado mientras disfruto de mi presente, me doy cuenta de que la vida es una cuestión de tiempo, y es ahora cuando me siento más madura y más fuerte. Por este motivo este libro sale a la luz con más fuerza que nunca, la misma fuerza que nos está dando el pequeño de la casa para salir adelante y que ha sido el culpable de que me encerrara a escribir para olvidarme por algunas horas del dolor al oír resonar otra vez sobre mi cabeza la palabra «cáncer».

La estilista es el fruto de muchos años de trabajo dentro de este mundo llamado moda.

Ellos no lo saben, pero este libro nunca hubiera sido posible sin la energía de mis hermanos, Umberto y Paco; el cariño de mis cuñadas, Karolina, Alessandra y Virginia, y el amor infinito que siento por mis sobrinos, Otto, Santiago, León, Olivia y nuestro pequeño dinosaurio Álvaro.

Sin el orgullo incondicional que siento por mi padre, Juan Ferrer Grifols, uno de los precursores de la moda española; por Dieter, mi padrastro al que adoraba; por mi madre, Mietta Leoni, quien me da continuas señales desde arriba, a la que aún siento aquí abajo y quien, antes de despedirse, me dejó como protectora a mi madrina Lydia Coma Quintana.

Aparte de ser tía, soy madrina de Flavia Porras de Borbón. Me llama la madrina rosa y cree que tengo un punto mágico.

Tengo muchos amigos que a través de estos últimos años me han demostrado que están, con lo cual no quiero nombrar a nadie en particular porque deseo que todos se sientan parte de esta aventura literaria.

Como dijo Pau Donés antes de fallecer: la vida son cuatro días y tres pasaron ya.

A esto añado: la vida está para vivirla y no para que te la cuenten.

Este libro
se terminó de imprimir
en el mes de mayo de 2021